Pour le prestige

Écritures

Collection fondée par Maguy Albet

Ferrelli (Emi), *Chroniques d'une stagiaire à l'opéra*, 2018.
Nhamunda (David), *Caligo elenansis, Chronique d'un naufrage amazonien*, 2018.
Guimard (Nathalie), *Les disparus du foyer Sainte-Madeleine*, 2018.
Raimbault (Jean-Claude), *Un mal des mots*, 2018.
Marcadé (Cécile), *À cor et à cri*, 2018.
Dème (Babayel Alwaly), *Destins croisés*, 2018.
Stellar (Nathalie), *Hologramme(s)*, 2018.
Guisset (Liliane), *Sous la dictée*, 2018.
Brach (Maurice), *Temps libres…*, 2018.
Rosse (Marie-Christine), *Des chemins qui bifurquent*, 2018.
Vance (Laura), *Dernière nuit*, 2018.
Dollinger (Mary), *Une vie après celle-ci*, 2018.
Daccord (Maurice), *Les pianos désaccordés*, 2018.
Rouet (Alain), *Corde à vide*, 2017.
Philippot-Mathieu (Andrée), *Mes bien chers tous*, 2017.

*
**

Ces quinze derniers titres de la collection sont classés par ordre chronologique en commençant par le plus récent.
La liste complète des parutions, avec une courte présentation du contenu des ouvrages, peut être consultée sur le site www.editions-harmattan.fr

Hugo Ehrhard

Pour le prestige

Roman satirique

Du même auteur

L'automne des incompris, Le Dilettante, 2014.

Le dieu du tourment, Le Dilettante, 2016.

© L'Harmattan, 2018
5-7, rue de l'Ecole-Polytechnique, 75005 Paris

http://www.editions-harmattan.fr

ISBN : 978-2-343-15016-1
EAN : 9782343150161

Pour Marisa

Prologue

Lorsque je me réveille ce matin, la fin des temps semble proche.

Un pays d'Asie centrale que je ne pourrais pas situer sur une carte vient de tester avec succès sa première bombe atomique. Les experts rappellent que l'arsenal nucléaire mondial n'a jamais été aussi bien pourvu ; plusieurs milliers d'ogives sont en *alerte opérationnelle élevée*, prêtes à jaillir en deux ou trois clics. Les experts rappellent que des millions de tonnes de déchets radioactifs sont à ce jour en *stockage intérimaire*, que *personne* ne sait où les ranger, que ces résidus présentent un danger de *toxicité létale* pour les 100 000 prochaines années, et que Tchernobyl ou Fukushima n'ont été que de *légères anicroches* en comparaison de ce qui nous attend.

Je me penche pour vérifier qu'il n'y a rien de bizarre sous mon lit ; dans les hôtels, on ne sait jamais.

Un microbe au nom chantant continue de se propager en Amérique du Sud. Les experts rappellent que le virus Ebola a auparavant démontré notre incapacité à endiguer une pandémie majeure. Une version *globalisée* de la grippe espagnole ne va pas tarder à apparaître. Les experts rappellent que la Terre ne sera bientôt plus en capacité de subvenir aux besoins de l'ensemble de la population humaine, et que la sélection se fera *d'une manière ou d'une autre*.

Je ressens une faible contraction. Au niveau du nombril.

Une enquête parlementaire pointe du doigt le manque à gagner induit par l'optimisation fiscale de certaines entreprises. Les experts rappellent que ces mêmes multinationales ont bénéficié au cours de la dernière *crise* du soutien massif des contribuables à travers des aides fédérales. Les experts rappellent que ces mêmes multinationales exigent des *dédommagements* quand la législation d'un État contrevient à leurs intérêts mercantiles. Les experts rappellent que les *62* individus les plus riches du monde possèdent autant que les *3,6 milliards* d'individus les plus démunis. Les experts rappellent que les profits réalisés par ces 62 individus sur une année comme 2014 pourraient financer *trois fois* l'éradication de la pauvreté extrême.

J'éteins la radio. Je me lève. Ma tête tourne pendant quelques secondes.

Dans la salle de bains, une petite pancarte illustrée me conseille de ne pas m'attarder sous la douche, et de n'utiliser qu'une serviette : le stock d'eau douce de la planète s'amenuise. L'année écoulée fut la plus chaude de l'Histoire recensée, les pôles continuent de fondre, les espèces vivantes continuent de disparaître, et la forêt équatoriale continue de perdre du terrain.

J'ai très envie d'une longue douche brûlante. Puis-je encore me le permettre ?

Le petit blond du room service vient m'apporter mon petit déjeuner. Je l'intimide. Il m'ordonne en riant de ne rien laisser dans mon assiette ; il vient de voir un reportage sur le gaspillage alimentaire, selon lequel un citoyen occidental moyen jette des monceaux de nourriture comestible par an.

J'ajoute que dans le monde, aujourd'hui, une personne sur dix est obèse, et une personne sur neuf souffre de faim chronique. C'était marqué dans un article que j'ai parcouru en diagonale, deux jours plus tôt.

Je croque dans une gaufre. Trop cuite à mon goût.

Le petit blond prend confiance en lui. J'aurais mieux fait de me taire. Il me conseille de me méfier des fanatiques qui rôdent autour de l'hôtel, d'autant qu'il y a encore eu un attentat à Tanger, un autre à Séville, et deux enlèvements à Addis-Abeba. Il me conseille de ne pas traîner dehors, parce l'air est vicié, d'ailleurs 465 des 500 plus grandes villes du globe dépassent *largement* les normes préconisées par l'Organisation mondiale de la santé en matière de particules fines. Il me conseille de ne pas fréquenter les bars, parce que *n'importe qui* peut introduire *n'importe quoi* dans mon verre dès que j'ai le dos tourné, et parce que ces établissements sont *tous* à la main de mafieux sans scrupule. Il me conseille d'éviter les attroupements, parce que les drones militaires interprètent les attroupements comme des *risques aléatoires*, et les risques aléatoires comme des cibles de balltrap à dégommer sans sommation. Il me conseille de ne pas trop me servir de mon téléphone portable, parce que l'intelligence artificielle va bientôt se retourner contre nous, parce que les hackers vont subtiliser mes données bancaires, diffuser mes albums photos et envoyer des messages compromettants à mes amis, et parce que les ondes émises par ces appareils vont me refiler une tumeur cérébrale maligne.

Je le remercie pour ses conseils, bien qu'il ne me semble pas les avoir sollicités. Je lui souhaite une excellente journée.

J'allume la télévision tout en dégustant mon petit déjeuner. Il y a un type avec une coupe au bol et un pull-over à motifs qui explique que sur toute la planète, en cet instant précis, onze nations seulement ne sont pas engagées dans un conflit armé. Il explique que les guerres du vingtième siècle ont tué *230 millions* d'êtres humains, que nous venons de passer le cap des huit millions pour le siècle en cours, et que dix-sept millions d'enfants voient le jour chaque année dans des zones de combat. Il explique qu'il n'existe aucune raison *objective* de croire en nos chances d'éviter un troisième affrontement mondial à moyen terme.

Sur une autre chaîne, Dwayne « The Rock » Johnson esquive un tsunami géant en pagayant dans un bateau pneumatique. Son expression faciale est figée par l'excès de Botox. « Et maintenant, papa ? », lui demande sa fille devant une métropole intégralement réduite en miettes. « Maintenant, on reconstruit », lui répond The Rock.

Après, je regarde la fin d'une émission sur des nouvelles drogues de synthèse qui rendent leurs consommateurs avides de chair humaine, images de vidéosurveillance à l'appui, puis un documentaire sur l'extropianisme ; il s'agit d'un courant transhumaniste radical dont les membres rêvent d'un homo sapiens numérique, débarrassé de son enveloppe corporelle. Un ponte de chez Google suit un régime spécial à base de 245 comprimés quotidiens pour se préparer à ladite mutation.

Je ne finis pas mes gaufres. J'ai perdu l'appétit.

En ouvrant le quotidien que le petit blond du room service a apporté, j'apprends que le cours du tungstène a lourdement chuté. Des milliers de mineurs chinois ont perdu leur emploi. Certains d'entre eux se sont suicidés. D'autres ont agressé leurs supérieurs hiérarchiques. La volatilité de cette matière première n'a pas été provoquée par une quelconque variation d'offre ou de demande réelle, mais par les assauts de serveurs de trading à haute fréquence capables d'effectuer plusieurs millions de transactions contradictoires par seconde. « Le prix d'un actif ne revêt plus la moindre signification concrète », écrit le journaliste avec un désœuvrement palpable. « Le *marché* dans son ensemble ne revêt plus la moindre signification concrète. » Le journaliste en profite pour évoquer les contrats de produits dérivés, dont la valeur nominative est estimée à plus de dix fois le patrimoine de l'humanité entière ; une nouvelle *crise* liée à cette bulle est inéluctable.

À la page suivante, un dignitaire extrême-bouddhiste appelle à la « suppression » des Musulmans vivant en Birmanie, coupables selon lui de gangréner la pureté génétique des populations locales. Son intervention fait suite au massacre d'une communauté de bonzes sur une île indonésienne. En réponse à ces diatribes, plusieurs imams malaisiens et pakistanais se déclarent parés pour le « djihad ultime », qu'ils suggèrent d'étendre à plus large échelle.

Des astrophysiciens affirment avoir détecté une *anomalie* dans une galaxie lointaine : l'instabilité lumineuse d'une étoile nommée KIC8462852, ne pouvant s'expliquer que par la présence dans sa périphérie proche d'une mégastructure artificielle. Autrement dit *extraterrestre*. D'autres personnalités scientifiques signent une pétition pour accroître la détection et le contrôle des astéroïdes, afin de « sauvegarder » notre avenir dans l'univers. « Plus on étudie les impacts d'astéroïdes, plus il devient clair que les jours de la race humaine sont comptés », assure leur porte-parole.

Je referme le journal. Je le pose sur le lit.

Je songe aux missiles, aux krachs boursiers, aux tsunamis, aux virus, aux cannibales ou aux petits hommes verts.

L'une de ces prophéties va peut-être se réaliser. *Toutes* ces prophéties vont peut-être se réaliser. Au fil de l'Histoire, chaque génération croit en ses propres superstitions ; elles finissent toujours par se dissiper.

Je ne suis pas pessimiste. Je ne suis pas optimiste. Je suis une femme pragmatique ; je *fais de mon mieux*. Comme tout le monde. Je survis, tant que cela reste possible.

Combien de temps encore ?

Première partie
Quinze ans plus tard

Chapitre 1ᵉʳ
Cousine Riya

Mon nom est Viktoriya Mazurkevych. Je suis née à Minsk, en Biélorussie. Adolescente, je rêvais de créer ma propre entreprise, de mettre en place mon *business plan* et de faire connaître mon pays à travers le monde. J'étais une étudiante douée ; j'ai obtenu un doctorat en lettres et langues appliquées dans une université centenaire. J'ai appris à parler couramment l'anglais, le français, l'italien et l'espagnol. Le sujet de ma thèse était *Traduire la procrastination oblomovienne à l'ère de l'hyperactivité*. Le jury avait loué mon audace, mon sens de la méthode et mon abnégation, synonymes d'un avenir brillant.

Naturellement, je suis devenue prostituée.

Il n'existait aucune autre perspective.

Je me faisais appeler Naomi. Je trouvais que ça sonnait bien. Dans mon domaine, j'étais une référence. On me répétait sans cesse que j'étais *sublime*, *bonne*, ou *à tomber par terre*, mais c'était avant tout mon savoir-faire qui marquait les esprits. Pas sur le plan sexuel ; sur celui du ressenti. Je l'avais compris très tôt : si un contrat est honoré avec zèle, son existence même peut être occultée, ne serait-ce qu'un court instant. Ceux qui faisaient appel à mes services n'aspiraient qu'à *oublier* ; oublier qu'ils étaient les prescripteurs d'une transaction quelconque, et que rien d'autre ne justifiait leur présence entre mes cuisses.

Un jour, un Koweitien m'avait dit qu'il emporterait mon souvenir sur son lit de mort. Un autre client avait composé une chanson pour me rendre hommage. On m'avait demandé en mariage au moins deux fois. Je facturais mes services à des tarifs exorbitants, sur lesquels je ne touchais qu'une commission.

J'ai connu des capitaines d'industries. Des génies virtuels. Des champions olympiques. Des politiciens influents. J'ai participé à des orgies inexplicables. J'ai traversé des palaces fétides et des bas-fonds rutilants. J'ai suivi des tournées mondiales, des festivals renommés, des sommets diplomatiques. Ce monde est une somme de mensonges que je pourrais énumérer les yeux fermés.

Je connais le sens du mot *hypocrisie*. Ce métier ne manquait pas de paradoxes : objet de passion et de mépris, d'orgueil et d'opprobre, de voyeurisme et de secret. Un flagrant tabou. J'étais le réceptacle de tout ce que les hommes refusaient d'assumer. J'étais condamnée à l'incompréhension et à la solitude.

Je m'inspecte parfois dans le miroir rouillé de ma salle de bains, et je le vois. Mon visage est perverti par l'usure des affronts. La lueur qui scintillait autrefois dans mon regard est devenue gracile, presque impossible à deviner. Je porte le fardeau d'un bon paquet d'impostures. J'en ai été à la fois l'origine et la conclusion.

Pour autant, je me garde bien d'en parler à qui que ce soit. Quand on m'interroge sur mon parcours, je réponds : « Rien de bien passionnant », ou « Je me suis contentée de suivre le mouvement, et un beau jour je me suis aperçue que j'avais suffisamment mis de côté pour venir m'installer ici. »

Je me demande moi-même comment j'ai pu réussir à décrocher. Un concours de circonstances favorables.

Miraculeux. Combien de fables de catins spoliées m'avait-on racontées ? Parmi mes anciennes collègues, combien sont mortes, combien ont sombré dans la dépression ? Personne ne quitte ce milieu indemne.

Je n'y pense plus aujourd'hui. Cette époque est révolue. *Naomi* était une potiche à la plastique millimétrée. *Naomi* vivait dans l'obsession des apparences. *Viktoriya*, elle, s'habille de grands tee-shirts informes, et marche pieds nus ; elle s'épile si l'envie lui prend. *Naomi* s'exprimait par bribes, en termes convenus, uniquement quand un homme lui adressait la parole ; *Viktoriya* devise d'une voix sûre, débonnaire, et ne se retient pas de rire. *Naomi* était cloîtrée dans la peur, ne se déplaçait pas sans garde du corps, et ne cédait jamais à quiconque le contrôle de ses émotions ; *Viktoriya* se nourrit d'insouciance.

Je suis une femme pragmatique. Je me suis convaincue que la peur était un choix. Je *sais* que la peur est un choix. Alors je ne prête pas attention aux frissons du passé. Les leurres ne servent à rien. Je ne suis pas une princesse. Personne ne viendra me sauver.

Je suis une femme sans passé ni futur ; le prix à payer pour croire en sa liberté.

***

J'ai élu domicile sur une plage parfaite. Une parenthèse de répit que rien ne pourrait corrompre, et qui ne connaît pas les saisons.

Une myriade d'oiseaux chatoyants s'y donne rendez-vous tous les jours de l'année, afin de savourer l'arôme du privilège. Les pêcheurs qui habitent ici subsistent sans effort, sans artifice, sans heurt. Grâce à leur isolement, grâce à cette indolence que la plage irradie, ils sont immunisés contre les maux que je fuis.

La plupart des touristes, eux, sont des visiteurs amorphes, tout juste capables de se vautrer des heures durant sous le soleil, ne quittant leur somnolence que pour cajoler leurs tablettes, s'enduire de mixtures crémeuses, marcher quelques pas dans l'eau, ou ingurgiter les cocktails que je prépare ; un vieil Allemand qui se rend régulièrement sur l'île m'a dit un jour que lui et les autres occidentaux étaient les « piètres éclaireurs d'un despote aveuglé ». J'ai trouvé l'expression pertinente.

La géologie des lieux est fragile, ce qui explique l'absence de complexes hôteliers disgracieux. Les constructions alentour sont des cabanes en bois, bien trop rustiques selon les critères draconiens de l'homme blanc. Au crépuscule, des légions de moustiques malveillants viennent rappeler aux envahisseurs attardés que ces rivages ne leur appartiennent pas. Enfin, se rendre jusqu'ici exige un minimum de hardiesse. Il faut correctement s'informer, rouler deux bonnes heures sur des chemins à peine balisés, et même terminer par une vingtaine de minutes de marche à travers la forêt vierge.

Ces obstacles confèrent à la plage une aura de beauté farouche. Ceux qui se rendent jusqu'ici sont peu nombreux, et ne restent jamais plus d'une journée.

La seule exception au tableau, c'est mon bar. Un kiosque d'une poignée de mètres carrés, à la trésorerie exemplaire, que j'ai acquis il y a quelques années. Je suis la seule habitante de la plage qui n'y soit pas née.

Mon quotidien est d'une merveilleuse simplicité. Je sers mes clients dans la bonne humeur. Je bavarde avec eux. J'essaie de concocter chaque cocktail avec application. Tous les trois jours, je me rends en ville pour me ravitailler. Il m'arrive de fermer boutique et de me promener dans d'autres régions de l'île, un peu partout, sans contrainte. Je me laisse de temps à autre séduire par des touristes de passage, en toute discrétion, comme cet ébéniste argentin qui était à la fois sûr de lui et prévenant. Je collectionne les nacres que la mer dépose sur le rivage. J'écoute des tubes du siècle dernier sur un vieux lecteur CD que je me suis dégoté, et dont je peux pousser le volume au maximum sans déranger personne. Je ne suis pas l'actualité, et ne lis que des vieux classiques.

Les pêcheurs et leurs familles m'ont acceptée dès le premier jour, ou presque. Aucun des hommes n'a jamais manqué de courtoisie envers moi. Ils m'offrent des poissons. Je joue avec les enfants, je donne des conseils gynécologiques aux épouses. Je crois que ma personnalité colle plutôt bien à l'ambiance locale.

Ici, personne ne parvient à prononcer correctement mon nom ; pour eux, je serai toujours Whanaunga Riya, *Cousine Riya*. J'ai appris leur langue, et leur manière d'appréhender le temps.

Je passe beaucoup de temps avec Hinaarii et Aimata, un couple dont la maison est à 200 mètres de la mienne. Leur fille aînée, Moeanu, vient de fêter ses seize ans ; cette gamine est géniale. Quant à leur fils, Fara, c'est un adorable petit teigneux. Les autres villageois ont beaucoup reproché à Hinaarii et Aimata de n'avoir eu que de deux enfants, ou de s'être convertis à l'islam ; ils s'en moquent. Ça fait partie des qualités que j'apprécie le plus chez eux.

Hinaarii ne s'emporte jamais. Il accueille tout ce qu'on peut lui raconter d'une mine imperturbable et détachée. Sa voix reste toujours douce, même lorsque Moeanu teste les limites de son indulgence. On pourrait penser qu'il s'agit d'une forme d'indifférence : absolument pas. Hinaarii est plus sensible que quiconque aux vicissitudes de son environnement. Il est simplement doté d'une faculté de distanciation peu ordinaire.

Lors du dernier anniversaire de Fara, je l'ai fait hurler de rire en reproduisant la chorégraphie de Michael Jackson dans *Thriller*, que j'avais passé sur mon lecteur CD. Deux semaines plus tard, j'ai contracté une angine tenace, une vraie saloperie ; Aimata et Moeanu se sont relayées à mon chevet pour me tenir la main, me prodiguer des soins et m'éponger le front durant les poussées de fièvre. Moeanu avait des dizaines d'autres choses plus intéressantes à faire, mais à chaque fois que j'ouvrais les yeux, elle était là, amène, rayonnante d'énergie. Je ne suis pas prête de l'oublier.

***

« J'ai l'impression de vous avoir déjà vue quelque part », s'est écrié un client à moi, le mois dernier. Une fin d'après-midi calme ; lui et sa femme étaient seuls à mon bar.

Il venait de terminer sa troisième Caipirinha. C'était un quadragénaire autrichien. Son crâne ressemblait à un ballon de rugby trop gonflé, prêt à imploser, avec deux yeux minuscules et très rapprochés au milieu. Je ne pouvais pas le prendre au sérieux. Il me toisait en se frottant lentement la cuisse.

« Ouais. Ouais. Je suis sûr de vous avoir vue quelque part. »

J'ai senti une pointe d'angoisse me traverser l'estomac. Une réminiscence dont je me serais bien dispensée. J'ai bredouillé un truc du genre : « On me confond souvent avec Emily Blunt. Ça arrive. »

S'il avait été un tant soit peu perspicace, il se serait contenté de cette réponse. Mais il insistait. Sa femme était assise là, en face de lui, et il insistait. « Nan. Enfin si, c'est vrai qu'il y a un air, mais… Nan, c'est pas ça. Je vous ai déjà vue quelque part. Attendez… »

Sa femme n'en pouvait plus. « Ça va, je te dérange pas trop ? », geignait-elle entre deux mâchements de chewing-gum. Elle était siliconée. Un dauphin vert et mauve ornait un bon tiers de son dos. L'un des plus atroces tatouages que j'avais jamais pu voir ; j'en ai pourtant admiré une longue collection. « -Si tu veux, je peux aussi aller faire un tour, histoire de vous laisser faire connaissance ?

-Oh, ça va… », s'amusait l'abruti. « J'essaie juste de me creuser un peu les méninges. Vous avez bossé dans quel coin, avant ? », me demandait-il en se tournant vers moi, pour bien signifier à sa femme qu'elle était secondaire.

Je ne savais pas comment me débarrasser de lui. Alors j'ai menti. « J'ai travaillé dans un centre commercial à Belgrade. Une boutique Hugo Boss qui tournait pas trop mal. On voyait défiler du monde. Je vous ai peut-être vendu un costume, qui sait ? »

Une chambre de l'hôtel Hyatt, à Milan. Huit ans plus tôt. Ivre et banal du début à la fin. La routine.

« Nan », s'entêtait l'abruti. « J'ai jamais foutu les pieds à Belgrade de ma vie. Les Yougos, moi, je leur fais pas trop confiance. »

Je lui ai fait un geste d'excuse. « Désolée, je ne me rappelle pas de vous. Je ne suis pas spécialement physionomiste... »

Il inspectait mes jambes d'un œil libidineux.

« Tu vas la lâcher, oui ou merde ? », s'emportait sa femme, en lançant toute une série d'injures à celui qu'elle nommait *Bronson*. Bronson était un sac à gnole ; Bronson avait une bite de Playmobil ; Bronson était une tapette refoulée. J'étais ravie d'en apprendre autant à son sujet, quoique dans mon souvenir, ses organes ne présentaient pas d'atrophie particulière.

« Enfin, ma petite truffe... », chantonnait l'abruti pour essayer d'amadouer sa femme.

J'étais sur le point de profiter de cette diversion pour m'éclipser, quand l'abruti a hurlé dans un grand éclat de rire : « Ah ! Ça y est ! Je *sais* où je vous ai vue. »

Il paraissait réjoui. J'avais envie de l'égorger avec du fil barbelé.

J'ai couché avec des centaines d'hommes durant ma vie précédente ; il n'y avait rien d'extravagant à ce que l'un d'entre eux croise à nouveau ma route. Mais pourquoi fallait-il que je tombe sur un crétin pareil ? Que cherchait-il donc à prouver ?

« Oh, putain que oui. Ça me revient très bien, maintenant », poursuivait l'abruti en se bidonnant.

Il était toujours jovial, en dépit des pulsions criminelles que son comportement suscitait chez les deux autres personnes présentes. Sa femme a fini par avaler une dernière gorgée de Caipirinha, puis elle a sèchement reposé son verre contre la table ; ensuite, elle s'est levée, avant de partir sans mot dire vers la plage.

J'ai donc décidé de tomber le masque : « Je vous félicite, vous avez une excellente mémoire. Vraiment, je suis flattée. C'est un bonheur de parler du passé avec vous. Mais le bar vient de fermer. C'est l'heure. Payez-moi ce que vous me devez, et bonne continuation. »

Son visage s'est un peu plus empourpré, comme s'il avait soudain constaté sa propre déficience. « Oh, pardon, je voulais pas vous vexer », m'a-t-il dit en portant une main à son cœur. « -Il n'y a aucune honte à avoir, beauté. On est entre professionnels. Je suis carrément content que vous ayez réussi à monter votre business.

-Allez vous faire mettre », lui ai-je suggéré en guise de conclusion.

Je l'ai laissé gémir deux ou trois clichés sur l'extrême susceptibilité de la gent féminine. Seuls deux hérons et quelques crustacés l'écoutaient ; un public à sa mesure.

Il n'est jamais revenu.

**

Le plus marquant de mes anciens clients était un Français très haut placé. Lorsque je l'ai connu, il était déjà à la tête de je ne sais quel corps d'État, et son parti fondait de gros espoirs sur lui. Il ne se déplaçait pas sans sa cour : une armada de *gros bonnets* de la finance, de consultants en sciences superflues et de flatteurs arrivistes. L'un de ces sbires avait pris contact avec moi, et son chef de cabinet, un homme austère et zélé, m'avait reçue une demi-heure en tête à tête afin de me *briefer*. En usant de termes retenus, il m'avait explicitement fait comprendre le rôle que je devais tenir, et les désagréments que j'encourais si je tentais de l'outrepasser. « Cet homme est appelé à devenir *Président* », avait-il pronostiqué dans un élan de fervente conviction. « Ce n'est pas un client comme les autres. Trahir sa confiance, c'est trahir *l'intérêt supérieur de la République française.* J'espère de tout cœur que vous en resterez conscient. »

De prime abord, et sans surprise, je l'ai trouvé médiocre. C'était à Malaga, où il s'était rendu pour fêter une victoire. Nous avons dîné dans un restaurant huppé, entourés d'une bonne vingtaine de personnes qui le regardaient comme s'il avait été la réincarnation du Prince Siddhârta. À chaque fois que l'un des convives évoquait un rival, il scandait : « *Untel ?* Je vais lui NIQUER SA RACE », et la tablée s'esclaffait. À chaque fois que l'un des convives émettait une réserve, il lançait : « Pauvre *loser*. Tu es VIRÉ », et la tablée s'esclaffait. À chaque fois que l'un des convives discutait de l'opinion publique, il hurlait : « Ils sont tous plus CONS les uns que les autres. SURTOUT ceux qui se croient malins », et la tablée s'esclaffait. Il ne m'a pas adressé la parole du repas. Peut-être ne savait-il pas que je parlais couramment sa langue. Peut-être avait-il envie de payer 3000 euros de l'heure pour disposer d'un joli pot de fleurs. Peu m'importait.

Il s'était révélé moins vulgaire dans l'intimité, fort heureusement. Son arrogance était une façade. Un calcul. Un *stratagème*. « Les Français n'aspirent plus au progrès », m'avait-il confessé. « Tu sais à quoi ils aspirent ? Tu sais ce qu'ils veulent ? Ils veulent juste se divertir, sans être emmerdés, jusqu'à leur dernier souffle. C'est triste à dire, parce que c'est vrai. Je n'y peux rien. Il faut bien que quelqu'un se dévoue pour profiter de leur léthargie. »

À Malaga, j'ai passé près d'une semaine avec lui. Il aimait beaucoup parler de lui-même. Il était obsédé par son père, qui était lui aussi politicien. Dès son enfance, il avait été reclus dans l'ombre de *Papa* ; ses camarades de classe se moquaient régulièrement de lui, de son incapacité à subjuguer les membres du sexe opposé, de son code vestimentaire désuet, du timbre de sa voix ou de sa morphologie -doté de gènes ingrats, il avait connu une croissance tardive. Son unique agrément avait été la série animée *Ken le survivant*, l'homme aux sept cicatrices, sociopathe musculeux qui trucidait ses détracteurs en quelques mouvements de poignet. Mais sa mère ne tolérait pas ce feuilleton décrié pour son inconvenante violence graphique. Elle le punissait au moindre soupçon.

Ces brimades redondantes avaient forgé son caractère. Voilà pourquoi il s'était inventé ce personnage ordurier, bâti autour de ce seul postulat : *la meilleure défense, c'est l'attaque*. Le genre d'adolescent qui n'hésite pas à choisir comme pseudonyme *MC Rocco Teubtaflex*. Qui s'achète des peignoirs satinés sur lesquels il fait coudre ses initiales en hologrammes. Qui coupe votre parole en aboyant dès qu'il sent que vos arguments risquent de prévaloir sur les siens.

Auréolé de succès, il s'était lancé très jeune dans la grande arène. Il avait failli s'y brûler les ailes. En guise d'adoubement, la presse avait vu en lui un « avorton populiste ». Pour avoir voulu bousculer les usages avec un peu trop de véhémence, *Papa* avait été conspué ; son entourage, traîné dans la fange. *Papa* avait subi l'ire sournoise de l'appareil judiciaire, repère bien connu de vieux gauchistes aigris.

« Il faut raconter aux gens ce qu'ils ont envie d'entendre », me répétait-il. « Ce n'est pas plus compliqué que ça. » En politique, selon lui, parler franchement à son électorat était un concept à peu près aussi prudent que le jongle de tronçonneuses.

Je l'ai revu une bonne vingtaine de fois dans les années qui ont suivi. Il m'appréciait. J'étais aux premières loges de son irrésistible ascension.

Son pays devait être *réformé*. C'était *impératif*. La marche de l'Histoire. Il était urgent de gagner en *compétitivité*. Compétitivité face à qui ? Pour gagner quoi ? Je ne l'ai jamais su.

« C'est un scandale ! On va pas se laisser faire ! Mobilisons-nous ! », chantaient ses opposants qui défilaient dans les rues de Paris. « Ah OUAIS ? », leur rétorquait-il par médias interposés. « Regardez plutôt : je vous envoie un BATAILLON de C.R.S. Ils ont des MATRAQUES, des LACRYMOS et des FLASH-BALLS. ÇA, c'est de la mobilisation. » Ce n'étaient pas trois instituteurs et deux infirmières avec des pancartes qui allaient freiner la *marche de l'Histoire.*

« Votre programme est simpliste », l'avait fustigé une adversaire virulente durant un débat télévisé. « -Comment comptez-vous le financer ? Comment comptez-vous résorber notre dette ? Si nous mettions vos idées en place, nous irions droit dans le mur.

-C'est TOI le mur », lui avait-il renvoyé en provoquant l'hilarité générale. « Oh, c'est du CASH que tu veux ? Mais c'est pas sorcier de trouver du CASH ! Qui a du CASH aujourd'hui ? Les Américains, les RUSKOVS. Les CHINETOQUES et les Saoudiens. Est-ce que ces gens-là veulent FAIRE DU BIZZNESS avec nous ? Mais OUI. Ils nous KIFFENT. Ils RAFFOLENT de notre PINARD, de nos SACS À MAIN, de notre TOUR EIFFEL et de nos CRÈMES HYDRATANTES. Et ben y a qu'à leur en vendre

PLUS, et PLUS CHER. Un petit contrat RAFALE / PAK-PAK par-ci par-là pour arrondir les fins de mois, et VOILÀ. Allez, dites-le TOUS avec moi : dites CASH ! »

C'était une rhétorique imparable. J'étais fière de servir de muse à un authentique visionnaire. D'autant que son assiduité allait me permettre de prendre ma retraite prématurément.

« Tu me prends sans doute pour un beauf », m'avait-il susurré après une nuit mouvementée. « Ma *propre épouse* me prend pour un beauf. Ma propre fille me traite de facho. Et pourtant, je ne suis pas si différent de toi : je ne fais que *survivre*. Je ne fais que lutter contre l'obsolescence. »

***

En délaissant mon existence précédente, j'ai également délaissé la multitude d'artifices qui l'accompagnaient. À la manière d'une starlette, j'avais un garde du corps attitré, des garde-fous dévoyés et une garde-robe raffinée ; je ne m'habillais qu'en *Versace* et en *Dior*. Je ne portais que des *Jimmy Choo*. Ma trousse de toilette ne se composait que de soins *La prairie* ou *Chanel*. Je n'utilisais que des téléphones *Vertu*, sertis de diamants, incorporant une conciergerie dédiée.

Depuis que je me suis délestée de cette parure, il m'arrive assez souvent d'en rêver. J'imagine que ces objets symbolisent la superficialité à laquelle j'ai choisi de tourner le dos. Admettre qu'ils puissent me manquer revient à admettre une certaine nostalgie.

Mes clients m'ont traitée tantôt comme un quartier de viande, tantôt comme une sorcière, et tantôt, justement, comme un trophée, le symbole de leur réussite ; un ornement, un *signe extérieur de richesse*. Je ne sais pas laquelle de ces options était la plus dégradante. Peut-être s'agissait-il d'une contrepartie équitable ? Combien de mes contemporains peuvent se targuer d'ignorer le besoin, sans avoir préalablement piétiné leur propre fierté ? Avant de tout plaquer, me suis-je correctement posé cette question ?

Au fil de mon rêve récurrent, j'erre dans un appartement vide, une garçonnière ou la suite d'un hôtel prétentieux. Pour une raison à la fois évidente et difficile à identifier, j'éprouve la nécessité de me servir urgemment de mon téléphone pour lire un message crucial, de ma tablette pour télécharger un morceau à la mode, ou encore d'une paire d'enceintes sans fil, juste pour les réduire au silence. Et aucun de ces appareils ne fonctionne. L'écran de mon téléphone ne répond pas, celui de ma tablette non plus. Je m'acharne sur les commandes d'un vieux téléviseur, mais celui-ci refuse de m'obéir, vociférant des incantations indéchiffrables.

Il y a parfois des variantes : une robe qui n'épouse plus mes courbes. Une crème de beauté qui a tourné. Le talon d'une bottine dernier cri, brisé net. La finalité reste toujours la même : je suis dépassée, ridicule.

Une fois tirée du sommeil, j'assimile un à un les détails du paradis qui m'entoure, la lumière ocre, l'odeur de l'iode teintée de vanille, le chant des hirondelles bariolées, et mon malaise se dissipe dans la chaleur ambiante.

Je mets un point d'honneur à déambuler pieds nus depuis de nombreuses années ; pourrais-je encore enfiler un escarpin, ou marcher avec sur deux mètres sans me briser une cheville ? Quel pouvait être ce message si urgent que j'attendais sur mon portable ? Une invitation à dîner dans tel ou tel *lounge* dernier cri ? Ma mère, m'écrivant de l'autre bout du globe pour me rappeler de *faire attention* ? Un homme de main du réseau, m'ordonnant de reprendre du service ?

Je m'interroge à voix haute, et je ris.

Chapitre 2
Dieu et son désir

Je suis complètement isolée du reste du monde ; cette solitude exige une retenue que je ne possède pas. Lorsque le manque d'information devient oppressant, lorsque l'inaction devient une angoisse, je m'adresse à Hinaarii.

Hinaarii possède à la fois une forte curiosité, et une conscience sereine de sa propre impuissance. Il focalise ses efforts sur son microcosme personnel : son épouse, Aimata, leurs deux enfants, Moeanu et Fara, les cinq prières quotidiennes. Selon lui, si chacun agissait de la sorte, sans convoiter plus que l'essentiel, la race humaine pourrait été sauvée.

« Ils partagent tous le même sentiment », m'annonce-t-il régulièrement. « J'insiste bien sur *tous* : des stars d'Hollywood aux clochards les plus miteux de Calcutta, du général en chef de l'Otan aux prédicateurs les plus illuminés. Ce même sentiment, c'est le désespoir. »

Hinaarii prononce de telles phrases en exprimant ses impressions, sans les travestir ; il ne cherche pas à faire étalage de son acuité. Toutefois, en dépit de ses efforts, il subsiste en lui un résidu de vanité, que sa femme reconnaît mieux que quiconque. Elle aime le taquiner sur ce thème.

« Ô grand sage Hinaarii… », commence-t-elle peu de temps avant un déjeuner que nous nous apprêtons à partager. « -Toi qui discerne si bien les vérités de notre temps… Peux-tu m'expliquer quelque chose ? Un détail qui me chagrine depuis un moment.

-Tu peux me solliciter autant que tu le désires », certifie Hinaarii.

« Puisque tu te considères comme un progressiste… », avance-t-elle avec emphase.

Hinaarii devine immédiatement ce qui va suivre. Moi aussi. Je ne me sens pas à ma place. Un silence.

« … Pourquoi es-tu réticent à laisser partir Moeanu ? », ose-t-elle finalement.

L'intéressée pointe son nez à l'entrée de sa chambre. Quelle coïncidence. C'est la troisième fois que ce sujet est abordé en ma présence en moins d'un mois.

« Je vais peut-être retourner au bar », dis-je en effectuant un subtil pas de côté.

« Je préfère que tu restes, Riya. Ton avis compte beaucoup pour nous », me répond Aimata. Son époux acquiesce. Je m'incline.

Moeanu souhaite mener des études supérieures. Elle en a la capacité, et son niveau scolaire peut même lui permettre d'obtenir une bourse, pas de doute là-dessus ; l'île ne possédant aucune université, son projet suppose néanmoins une expatriation temporaire. Hinaarii n'est pas emballé par cette perspective.

Il soupire. Je ne crois pas que son opinion soit encore sujette à hésitation ; il se demande plutôt quels termes employer. Hinaarii appréhende à juste titre la réaction des femmes qui lui font face.

« Je ne suis pas réticent », avoue-t-il à contrecœur, son regard dirigé vers Moeanu. « Je pense simplement que tu risques d'être déçue. En tant que père, je n'aspire qu'à ton bonheur, et je ne suis pas sûr que le fait de t'installer à 5 000 kilomètres d'ici en soit la clé. »

Moeanu vient s'asseoir en tailleur au centre de la pièce, comme si un jury l'avait convoquée. Dehors, pas la moindre once de vent ; on entend le clapotis des vagues, le chant des oiseaux, et le son lointain de la partie de foot que Fara est parti disputer avec ses camarades.

« Mettons que tes études te passionnent », suggère Hinaarii d'un œil malicieux. « Mais que ton île et ta famille te manquent. Tu devras alors choisir entre ta carrière, et tes racines. Sans compromis possible. Il faut anticiper ce genre de possibilité. »

Hinaarii chahute sa fille ; il veut mettre sa résolution à l'épreuve.

Moeanu le sait ; elle ne s'adresse pas au premier venu. Il lui sera difficile de surpasser l'opiniâtreté adverse. D'autant qu'Aimata ne lui prêtera pas main-forte : à sa manière, elle cherche également à vérifier que Moeanu est assez grande pour se défendre toute seule.

Moeanu laisse s'affaisser ses paupières, puis se frotte lentement les épaules.

« Papa, j'ai passé des heures à y réfléchir », se justifie-t-elle. « Tu sais peut-être mieux que moi ce que je vais découvrir, mais je dois le découvrir par moi-même. J'en ai envie. J'en ai besoin. Il ne faut jamais cesser de progresser. C'est ce que tu m'as toujours répété, n'est-ce pas ? Ne jamais cesser de progresser. »

Hinaarii hoche la tête. Il apprécie cet engouement.

« Riya a fait de grandes études, et elle s'est promenée aux quatre coins du globe », poursuit Moeanu en essayant d'étayer son argumentaire.

« Pour venir s'installer ici », lui renvoie Hinaarii. « -Elle pouvait s'installer dans n'importe quel pays, et elle a opté pour notre île.

-Ce n'est pas tout à fait vrai », dis-je un peu gênée. « Je cherchais spécifiquement un endroit calme. Il n'y en a plus beaucoup qui répondent à cette exigence. »

Un endroit calme ? Tu parles. Je cherchais spécifiquement un refuge où personne ne pourrait me retrouver, la possibilité de me prélasser au soleil en prime. J'ai très envie de soutenir la cause de Moeanu ; cependant, je ne veux pas non plus vexer ses parents. Je suis dans une position délicate.

« Exactement », persiste Hinaarii, toujours tourné vers sa fille, en interprétant mes paroles à sa convenance. « -Il n'y a pas beaucoup de pays calmes dans le monde. Ailleurs, tu trouveras le désordre et la fureur. Observe les touristes qui viennent ici, et imagine des dizaines de millions d'êtres identiques, entassés entre des branches d'autoroute et des gratte-ciels.

-Je ne veux pas *imaginer*. Je veux *voir* », assure Moeanu sur un ton qui me fait songer à divers aspects de son quotidien. Le sourire espiègle de sa mère. Sa relation sporadique avec le bel Irima, de deux ans son aîné, autour de laquelle Moeanu entretient un niveau de confidentialité digne d'un secret d'État. Ses allers-retours en ville sur des véhicules bringuebalants, ses cours et ses ambitions.

« Si le monde est si laid », continue-t-elle alors que l'expression de son visage vient de s'assombrir, « Il faudrait que j'attende tranquillement que sa laideur nous envahisse, cachée sur mon île ? Papa, je ne sais pas comment tu fais pour rester aussi… Impossible. Tu raconteras la même chose à Fara, dans quelques années ? Après, nous raconterons à notre tour la même chose à nos propres enfants, et ainsi de suite ? »

Hinaarii paraît gêné. Je peux voir que Moeanu regrette déjà sa remarque, bien plus blessante qu'escomptée. D'autant qu'elle ne l'exprime pas pour la première fois.

Il se racle la gorge. « Je ne t'impose rien, ma chérie. Je cherche juste à te faire bénéficier de mon expérience. Tu es presque une adulte. À la fin de notre conversation, si tu tiens toujours à partir, je ne te retiendrai pas. »

Aimata fredonne une musique indicible en guise d'approbation.

À un âge propice à la contestation de l'autorité, Moeanu pressent que celle de son père est construite sur une série de superstitions. Que sait-il du monde ? Est-il aussi ignorant qu'elle ? A-t-il peur de lui dévoiler la vérité ?

De son côté, Hinaarii oscille continuellement entre confiance et sévérité ; si Moeanu est déjà trop lucide, et encore trop innocente, comment pourrait-elle être satisfaite ? Elle vient glaner ses conseils, pour mieux les ignorer ensuite. L'équation paraît insoluble.

En résumé, la tension du moment exacerbe les symptômes d'une crise d'adolescence classique. Enfin, pour ce que j'en ai lu ; en ce qui me concerne, je n'ai jamais connu mon père, et ma mère consacrait le peu de temps que nous avons passé ensemble à rechercher le bon prétendant sur internet, en se réveillant une fois toutes les trois semaines pour me dire de *faire attention*.

« Bénéficier de ton expérience ? *Quelle* expérience ? », reprend Moeanu. « Où as-tu voyagé ? Tu prends exemple sur Riya, mais elle, au moins, elle sait de quoi elle parle. »

Dieu sait que j'adore cette gamine, mais j'aurais préféré qu'elle me laisse en dehors de la polémique. Ils sont tous les trois tournés vers moi. Je suis prise au dépourvu. Inutile d'essayer de me défiler.

« Vous avez tous les deux raisons. Le danger est presque partout. Seule une poignée de personnes en sont protégées, et elles ne baignent pas dans la joie pour autant, loin de là. Malgré tout, je vous mentirais si je racontais que le monde ne mérite pas d'être visité. »

On dirait bien que je me suis défilée. Si je suis honorée d'être à ce point impliquée dans la controverse familiale, je ne vais tout de même pas endosser la responsabilité du déchirement qui se profile. Aimata le sait ; elle m'adresse un regard complice.

« Le fruit de mon expérience, » reprend Hinaarii sans rebondir directement sur mon point de vue, « C'est justement d'admettre que j'en manque. Je ne peux pas tout connaître. Je ne peux pas tout maîtriser. Tandis que toi, ma chérie, tu voudrais contrôler ce qui ne peut pas l'être. Tu es trop impatiente. Tu peux toujours tourner douze fois autour du monde, ta frustration restera la même. »

La distance qu'il prend grand soin à conserver illustre son principal défaut : Hinaarii est un homme intelligent, pondéré. Il le sait, et ces vertus génèrent en lui un orgueil parfois impossible à taire. Un orgueil que ses proches eux-mêmes ne parviennent pas à surmonter ; Moeanu serait susceptible de le confondre avec une forme de dédain.

« Très bien », s'impatiente-t-elle. « Alors tu me conseilles quoi, au juste ? »

Des larmes lui sont montées aux yeux. Je le sais pour en avoir discuté avec elle : Moeanu est elle aussi tiraillée par des besoins contradictoires. Asseoir son statut d'adulte. Être rassurée. Fouler du pied les traditions. Préserver ses parents.

Elle voit son père comme une bénédiction. La vigilance dont il fait preuve n'est-elle pas quoi qu'il en soit hors de propos ?

« Je te conseille de bien réfléchir », soupire Hinaarii. « Et d'assumer ensuite *ta* décision sans trembler. »

Cette déclaration correspond précisément à son sentiment, et non plus à une façade ; j'en suis à peu près certaine. Il est enfin descendu de son piédestal.

« Ma décision est déjà prise », confirme-t-elle. « Je veux aller sur le continent. Je veux aller à l'université l'année prochaine. »

Hinaarii fixe le sol, puis il la prend dans ses bras. Il ne s'accorde pas le droit de pleurer. J'avoue pour ma part retenir un sanglot.

Aimata jubile, s'approche de moi, me caresse l'épaule et rejoint leur étreinte.

« Je suis sûre de ce que je veux », chuchote Moeanu. « -Il ne faut pas s'en faire pour moi. Je suis forte. Je ne suis pas naïve.

-Je sais, ma chérie. Je respecte ta volonté, et ton optimisme », admet Hinaarii. Il contient honorablement sa mélancolie ; mieux vaut souffrir que renier son amour.

Dehors, rien n'a changé. Cette scène ne saurait être perturbée.

« Tu es fâché contre moi ? », demande Moeanu.

Son père recule, et lui saisit les mains, attestant la solennité de l'instant.

« C'est une belle aventure qui t'attend », promet-il. « Que Dieu te garde, si tant est qu'il le désire. »

Chapitre 3
Mère Nature

Moeanu va pouvoir réaliser son vœu, avec la bénédiction de son père. Je me sens acceptée et utile. Tout va pour le mieux. Tout ne peut qu'empirer.

Ce matin-là, je me réveille en grelottant. Pendant la nuit, je me suis recroquevillée ; je suis même emmitouflée dans ce drap en coton bariolé qui ne sert d'ordinaire qu'à protéger mon lit du sable et de la saleté.

Je ne comprends pas ce qui m'arrive. Sur cette île, la température ne descend pas sous les 25 degrés, quelle que soit la saison. Ai-je contracté une nouvelle angine ? Une forme de paludisme ? Une autre affection tropicale peu recommandable ?

Je m'extirpe du sommeil pour de bon. Je me redresse. Le soleil n'est pas tout à fait levé, et ma chambre est encore plongée dans l'obscurité.

En émergeant, je réalise que des pêcheurs s'affairent autour de ma cabane, dans la forêt, un peu partout. Ils s'invectivent par le biais de termes que je ne les ai jamais entendu prononcer. Pourquoi cette effervescence ?

Lorsque j'entreprends d'aller à leur rencontre pour en savoir plus, je pose le pied sur ce qui n'est plus une terre noirâtre et tendre, mais au moins 15 centimètres d'eau fraîche. Que se passe-t-il ? Suis-je encore en train de rêver ?

J'allume une bougie ; l'eau qui a envahi ma cabane ne se contente pas de stagner. Elle va et vient, transportant avec elle des déchets divers, bouteilles de plastique vides, canettes en aluminium et autres boîtes de conserve, nacres de ma collection personnelle, emballages variés. Ma porte est sortie de ses gonds, accompagnant elle aussi le mouvement. On croirait un bateau en train de sombrer.

Ma cabane est bâtie sur une butte esseulée parmi la végétation, et située à plus de 50 mètres du rivage. Comment est-il possible que la mer soit avancée jusqu'ici ? Je songe à un tsunami, mais une telle catastrophe aurait tout balayé, sans que quiconque n'eût trouvé le temps de s'y préparer. Il ne s'agit peut-être que d'un orage, mais je n'entends aucune pluie ni tonnerre. Je n'entends pas non plus de grillon chanter.

J'ai choisi cet asile ensoleillé avant tout pour son charme et sa volupté, mais aussi pour sa constance. Le déluge ? Sur une île perdue au milieu du Pacifique ? Sérieusement ? Je ne demande qu'à jouir de mon quotidien, sans gêner personne. Il faut donc croire que cet objectif reste trop ambitieux ; que je mérite de morfler, d'endurer la dernière affliction qu'on aura imaginée pour me tourmenter. La poisse me colle à la peau.

Je me sens incapable de décider quelle attitude adopter. Puis-je me contenter d'attendre que cet épisode bizarroïde soit conclu et oublié ?

Parmi les ordures flottantes, mon regard s'arrête spontanément sur un objet. Une figurine de super-héros. Elle appartient à Fara. J'en suis sûre et certaine.

Mes deux mains se crispent autour de mon drap de lit.

Je me concentre sur ma respiration.

Je m'efforce de mobiliser mes ressources.

« Cousine Riya ! Pas rester là ! Dangereux ! », crie Onaku, un pêcheur. Il est posté devant l'entrée de ma cabane, comme si la pudeur était restée une priorité en ces circonstances. Selon la culture locale, on ne s'introduit chez autrui qu'après y avoir été explicitement invité, même si *chez autrui* s'apprête à être rasé par la force imparable des éléments.

« -Onaku ? Je n'y comprends rien. C'est quoi, un tsunami ? Une tempête ?

-Ils ont cassé la Terre », affirme-t-il.

La peur est un choix.

Cette marée subite s'explique sans doute de façon plus rationnelle, et moins définitive. Je ne sens toutefois aucun souffle de vent contre ma peau. Et je ne perçois aucune vibration sismique. Que se passe-t-il ?

Le village ne dispose d'aucun outil de communication ; pas de téléphone, pas d'internet, pas de télégramme, pas de conciergerie dédiée. Personne ne nous a rendu visite depuis le centre de l'île pour nous informer d'un péril latent.

Mes yeux ne peuvent pas mentir : en pataugeant dans l'eau boueuse, je constate que la plage a *disparu*. Le niveau de la mer est monté de trois bons mètres, et le littoral a reculé jusqu'à l'orée de la forêt. Toutes les constructions du village sont inondées. La plupart des pêcheurs fuient, hagards, leurs enfants sous les bras, haletant de concert avec eux. Agenouillée, la jeune Raina gémit en s'arrachant de pleines poignées de cheveux. Deux vieillards dont j'ai oublié les prénoms ont entonné une sorte d'incantation morose. Ils occupent quasiment seuls l'espace sonore, çà et là agrémenté de cris torturés.

Tous les villageois portent un masque hideux, leurs traits d'ordinaire si placides déformés par l'effroi. Je lève la tête : la voûte étoilée nous surplombe, cristalline et impassible.

La mer est quant à elle méconnaissable : verdâtre, glaciale, presque visqueuse. Une bête enragée. À intervalles réguliers, elle se rétracte brutalement, laissant entrevoir une trentaine de secondes le rivage immaculé, lavé de ses affronts, puis elle revient sans se hâter, irrépressible, chaque fois un peu plus loin. Rien ne lui oppose de résistance ; les cabanes et les arbres finissent tous par céder. Garder l'équilibre est très difficile, par intermittence impossible.

Certains de mes voisins tentent de sauver leurs possessions ; en se tenant à un morceau de tôle qui lui sert de toit, l'un d'eux est aspiré vers la pénombre, au large, et ne reparaît plus. Je n'ai pas eu le temps de voir son visage. Presque toutes les pirogues ont été emportées. Mon bar aussi ; il est peut-être à des kilomètres de son emplacement initial. Ma cabane va subir le même sort dans peu de temps. D'ici moins d'une heure, le village entier sera rayé de la carte.

La peur est un choix.

Je m'accroche à Vaihi, une villageoise avec qui je m'entends bien. « Tu as déjà vu *ça* ? Est-ce que tu sais où est Fara ? Sa sœur ? Ses parents ? »

Je ne peux saisir que quelques bribes de sa réponse, qui est en substance la suivante : *Non. C'est la fin des temps. Pousse-toi de mon chemin, cousine Riya. Je dois mettre mes enfants à l'abri. L'océan est fou. Il va tous nous dévorer.*

Je lui propose de porter l'un de ses deux garçons, et essuie un refus farouche. Cette femme est transportée par une panique intense, irraisonnée. Elle voit dans tout élément extérieur à son cocon un obstacle à franchir coûte que coûte. Je me demande si ce n'est pas son époux qui vient de périr en essayant d'épargner une pièce de tôle.

Je ressens l'envie passagère de me laisser prendre par la mer, moi aussi. Ou peut-être devrais-je accompagner les autres villageois dans leur exode, vers un hypothétique retranchement.

Je réunis le strict nécessaire dans mon sac à dos : des habits, quelques affaires de toilette, mon passeport et mes économies. En courant vers la cabane d'Hinaarii et Aimata, je tombe sur eux. Au milieu de ce cauchemar, je suis soulagée de voir que Fara est blotti dans les bras de sa mère. Moeanu me saute au cou.

« Il ne faut pas rester ici une seconde de plus », dit Hinaarii. Nous fonçons à notre tour vers la forêt.

Chapitre 4
Le toit du monde

L'île tout entière disparaît. Même les oiseaux l'ont abandonnée.

Elle s'estompe petit à petit, inexorablement, vague après vague, juste assez vite pour ne nous laisser aucune chance. Certains sont venus pour quelques jours de farniente, d'autres pour une retraite dorée ; la plupart des autochtones n'ont jamais connu de latitudes différentes. Et maintenant, sans la moindre exception, personne ne va en réchapper : les hommes, les femmes, les vieillards, les enfants, les millionnaires et les miséreux, les dépressifs et les exaltés, les vertueux, les implacables.

Moins de vingt-quatre heures après la nuit fatidique, les moyens de transport ont tous cessé d'opérer. Les avions et bateaux encore accessibles ont été pris d'assaut par des meutes désordonnées, folles de terreur. Il n'y a plus d'électricité, plus d'eau courante, plus de poisson, plus *rien*. Ceux qui sont restés ici alternent entre solidarité et bassesses en fonction de facteurs divers et variés : la célérité des flots, le rythme d'amenuisement des denrées indispensables, la fatigue, l'absence de perspective connue.

« Et dire que v'étais en vacanfes à Phuket au moment du tfunami de 2004 », se vante auprès de moi un Néozélandais hémiplégique, au cours d'une énième discussion décousue. « V'avais finq pives à l'époque. V'ai *vraiment* pas de bol. »

Selon les bribes d'information reçues, un gros morceau du continent antarctique se serait détaché, entraînant ainsi la fameuse montée des eaux ; faudrait-il encore connaître l'ampleur de cette dernière. Les premières rumeurs faisaient état de six ou sept mètres, or ce pronostic a vite été dépassé. Peut-être s'agit-il d'une vague initiale, avant le ressac salvateur ?

Les rescapés tentent de ne pas céder au pessimisme. Cela s'avère ardu. La crue devrait cesser *tôt ou tard* ; elle se poursuit sans relâche. Les secours vont *forcément* finir par arriver ; l'horizon reste désespérément vide. Les gens *savent* que leur préservation passe par l'entraide ; chaque matin, le soleil se lève sur des cadavres poignardés, dépouillés de leurs piètres vivres.

Tentatives de fuite mises à part, le réflexe initial a consisté à piller les réserves des boutiques et restaurants, puis à se réfugier sur les quelques collines alentour, comme Tuanui ao, le point le plus haut de l'île. C'est là que nous nous sommes dirigés, Hinaarii, Aimata, quelques villageois et moi-même. Bien que composée dans l'urgence, notre équipe de fortune est homogène : quatre hommes forts pour procurer les matières premières et prévenir toute menace significative. Cinq femmes pour l'intendance. Deux octogénaires pour dispenser un zeste de retenue. Une petite dizaine d'enfants pour ne pas oublier de sourire.

Il ne vaut mieux pas perdre notre temps en élucubrations. Si d'aventure la montée des eaux s'interrompait, combien de temps subsisterions-nous, sur un lopin de terre dégarnie, privés d'aide extérieure ? Comment s'explique d'ailleurs la non-intervention des autorités, sinon par notre condamnation sans équivoque ? Quel est le sens de notre acharnement ?

Cette question n'appelle qu'une réponse : survivre. Juste *survivre*. Dogme que je connais plutôt bien.

Environ 200 âmes inconsolables se sont entassées au sommet de Tuanui ao. Le microcosme sociétal ainsi créé présente les mêmes tares que son modèle ; tandis que notre fin approche, l'intelligence et l'énergie collectives sont accaparées par des détails facultatifs. L'épilogue promet d'être baroque.

Notre communauté compte une vingtaine de nationalités différentes. La hiérarchie usuelle se voit pour le moins bousculée : les autochtones ne sont plus là pour mendier des pourboires, et les touristes ne peuvent plus régler leurs problèmes en un ou deux battements d'écran tactile. Chaque étape du quotidien s'effectue désormais en contact direct avec les éléments. Chaque décision se prend en tenant compte de la menace omniprésente : la mer continue de monter, transformant l'île en un archipel de monticules épars sur lesquels s'accrochent des grappes d'êtres effrayés. Tuanui ao ne culmine plus qu'à une cinquantaine de mètres au-dessus de l'océan.

Moeanu ne cesse de harceler son père. Ça lui sert d'exutoire. « Tu attends quoi pour réagir ? », ose-t-elle lui demander parfois. « -Si nous restons ici, nous allons tous mourir. Il faut qu'on trouve un moyen de s'échapper !

-Allons, ma chérie », lui rétorque-t-il. « Nous ne sommes pas des pleutres. Nous ne sommes pas des ignorants. Soyons fidèles à nous-mêmes. Ce n'est pas le moment de céder. »

Quoiqu'ils soient adressés à la seule Moeanu, ses plaidoyers valent pour nous tous. La sagesse d'Hinaarii est contagieuse. Il est comme transcendé par une délicate certitude ; sa foi en cet amour qui nous unit.

Malheureusement, la voix des hommes de sa trempe porte moins que celle des idiots. Le Néozélandais hémiplégique, par exemple, trouve toujours le moyen de la ramener. C'est le genre d'individu qui a la chance de posséder une opinion solidement arrêtée sur n'importe quel sujet, et qui est animé par un besoin maladif de la partager, si possible à titre intempestif. Son élocution déplorable n'arrange rien.

« F'est les barbus qui ont fait le coup », répète-t-il à l'envi. « V'ai un couvin qui boffe pour les forfes fpéfiales. Un fniper. Une mafine à tuer. Bref, ve peux vous dire que ve fais très bien, mais alors *très bien* de quoi ve parle. Fes falopards ont creufé dans la banquive, ils vont fait péter une ovive en plein milieu, et paf. Enfin, *boum.* »

Ou encore : « Moi, ve penfais à couper le lavabo quand ve me broffais les dents. Ve vetais mes reftes dans le bac vaune, pour faire du compoft. Vé touvours fais fuper gaffe à l'écolovie. Donc v'ai rien, mais alors *rien de rien* à me reprofer. »

Du côté nécrosé, sa lèvre pendouille en trémulant au rythme des syllabes qu'il prononce ; un mince filet de salive en dégouline sans discontinuer, comme si cette pathologie était dotée de propriétés surnaturelles comparables à celles de Zamzam[1]. Je ne parviens jamais à regarder ailleurs.

Il y a aussi un Letton dont le dos est couvert de poils, qui s'adresse à moi en m'appelant « mignonne » ou « biquette », et en me scrutant d'un œil putride. Son

---

[1] Source située à la Mecque, apparue d'après le Coran sur la volonté de Dieu, et réputée intarissable.

attitude ne trahit de prime abord aucune déviance manifeste, mais cet homme indispose viscéralement, irréversiblement et universellement les femmes de la communauté ; nous nous servons des premiers prétextes venus -pénurie de papier hygiénique, ciel nuageux, pics hormonaux simultanés- pour suggérer sa mise au ban, suscitant l'incompréhension ahurie de la gent masculine. J'évite de me retrouver seule avec lui.

Un couple de Berlinois trentenaires vaque de groupe en groupe afin de chanter son désarroi. Ils sont venus sur l'île pour y passer leurs noces entre des huttes climatisées, une plage certifiée féérique et un buffet perpétuel. Ils ont traversé une série d'épreuves a priori comparables à celles qu'ont connues leurs camarades d'infortune, mais leur expérience mérite à n'en point douter une compassion particulière.

Elle accuse le pouvoir politique d'avoir « brillé par son inaction » dans sa supposée croisade contre le réchauffement climatique, et d'avoir fait preuve d'une « collusion coupable » avec des « multinationales assoiffée de profits, cyniques et cruelles ». Il a alerté « à maintes reprises » l'opinion populaire contre ces malversations, en publiant sur son propre « site d'initiative citoyenne » un pronostic bouleversant. Leur priorité première, c'est de « confronter tous les décideurs à leurs responsabilités », de « replacer l'humain au centre du débat public », et de « redonner à un lieu comme celui-ci les cartes de son destin ».

« Vous ne me connaissez pas », clame-t-elle envers quiconque se risque à lui signifier sa perplexité. « Moi, je ne lâche *rien*. Je suis une guerrière. »

En attendant le Goliath libéral, la guerrière autoproclamée lutte contre une crise gastrique persistante, contractée selon ses dires au sein de l'établissement hôtelier dans lequel elle a commencé son séjour, qui ne servait pas les produits *bios* vantés dans sa brochure en ligne ; son époux vilipende les défaillances de la compagnie aérienne qu'ils ont empruntée, car sa valise s'est égarée lors de leur correspondance à l'aéroport de Papeete. Le ton qu'ils emploient pour décrire ces écueils confère à leur récit une vibrante couleur héroïque, et le grand drame fait dès lors figure de suite logique à cette accumulation de malchance.

Lorsqu'ils battent campagne, ils écoutent les palabres des autres rescapés en grimaçant solennellement. Ce masque de pénitence exprime-t-il la pure mansuétude, la peur d'une mort prochaine, ou la nostalgie de théories plus cossues ?

Voilà que ma misanthropie reprend. L'isolement de ces dernières années n'a pas arrangé mon cas.

Notre communauté comprend également un étudiant en médecine originaire d'Agadir qui dispense ses soins aux incommodés, et qui compense ses lacunes par un aplomb opportun... Un duo d'informaticiens suédois qui abordent ces *difficultés* comme si elles étaient un challenge sportif de plus sur leur calendrier... Une famille de Japonais dont le père croule sous la culpabilité... Un couple de Mormons dorénavant incapables d'appliquer les préceptes de leur obédience... Une jeune Pakistanaise qui dessine des croquis à longueur de journée... Des Suisses déconfits par l'épuisement prématuré de leur réserve de MDMA[2]... Un Québécois monomaniaque qui rêve

---

[2] Amphétamine aux propriétés psychotropes, autrefois surnommée *ecstasy*.

secrètement d'être élu *oberführer*[3] de la communauté... D'autres névrosés que le sevrage de repères coutumiers exhorte à la décrépitude morale... Et une centaine d'autochtones ne pouvant s'empêcher de voir en ces vacanciers les ambassadeurs d'un monde qui les entraîne dans sa perte ; des suspects idéaux.

À travers le prisme de ce clivage, je jouis quant à moi d'un double statut. Je m'efforce de désamorcer les tensions, tout en évitant les conflits ; je ne compte pas me sacrifier. Je suis suffisamment discrète pour ne pas éveiller la jalousie, et suffisamment astucieuse pour être perçue comme utile. Je prends soin de ne pas délaisser Hinaarii et Aimata, et je ne néglige jamais le caractère inéluctable de la situation. Enfin, je refuse de me laisser contaminer par la paranoïa. *La peur est un choix.*

Fara ne perçoit que l'aspect ludique de ces péripéties ; Moeanu pleure à longueur de journée. J'essaie en vain de la consoler. « Il faut immédiatement partir », gémit-elle. « Empaqueter des vivres. Des médicaments. Des vêtements. Décider d'un itinéraire. Se procurer des armes. C'est la fin du monde. »

Elle a raison. Elle *sait* qu'elle a raison. Pourquoi s'obstine-t-on à ne pas la comprendre ?

Elle éprouve avant tout une colère indicible. La colère de ne jamais connaître d'autre vie que celle de cette île monotone. La colère de ne plus jamais s'évanouir dans les bras d'Irima. La colère de la résignation. Ses espérances sont piétinées sans vergogne, et personne ne paraît s'en offusquer. Qui lui rendra justice ? Qui se souviendra d'elle ?

Son petit ami est porté disparu. Son petit frère est encore un enfant. Son père est aveugle ; sa mère, trop

---

[3] Grade honorifique de l'organisation SS.

amoureuse de lui pour ne pas lui être soumise. Alors elle se confie à moi, encore et encore.

Le moyen de quitter l'île existe peut-être. Un bellâtre se faisant appeler « Steve le futé » raconte qu'il s'est rendu sur l'île depuis un yacht, avec un groupe d'amis. Dans la confusion, il a perdu leur trace, mais il est persuadé qu'ils vont revenir le chercher. « Je te promets qu'il y aura de la place pour toi et tes amis », m'a-t-il garanti.

***

Les vivres manquent. L'océan gagne du terrain. Les survivants se toisent entre défiance et fierté. Toutes les composantes du bouquet final sont réunies.

Lorsque l'une des dernières collines proches succombe, ceux qui s'y étaient établis tentent de rejoindre Tuanui ao à la nage. Ils sont emportés par les courants, dévorés par les squales, ou noyés d'épuisement ; une dizaine d'entre eux parviennent tout de même à destination.

Une fois leur souffle repris, les miraculés nous accusent de ne pas avoir « levé le petit doigt » pour leur porter assistance, et de les avoir « regardés crever un par un. » Des femmes autochtones s'égosillent en griffant leurs propres visages. On s'invective un peu partout. C'est l'ébullition. Le prétexte tant convoité.

« Je vous baise, moi », scande un grand Australien en agitant ses poings. « -Je vais *tous* vous éclater, et après, je pourrais au moins agoniser en paix.

-F'est ce que ve dis depuis le début », répond le Néozélandais hémiplégique. « -Faut qu'on conftruive des pirogues aves les varbres qui reftent. Comme fa on fera tranquilles, et on ira même ferfer les mecs des vautres collines.

-Le bois des arbres de Tuanui ao n'est pas approprié », indique le Québécois monomaniaque, qui s'est informé auprès des autochtones à ce sujet. « Il n'y en a pas assez, et nous n'avons pas assez de temps. Les terres de l'archipel sont trop éloignées pour être atteintes par ce type d'embarcation, d'autant que nous ne savons pas si l'archipel est encore là. » Il a déjà présenté ces mêmes arguments au Néozélandais hémiplégique à environ 43 reprises.

« Il a raison. Il faut respecter les traditions indigènes », avise la Berlinoise. « -N'oublions pas que nous sommes juste leurs hôtes.

-On devrait surtout prier pour notre salut », proposent quasiment en cœur les deux Mormons.

-T'as qu'à prier *ça*, pouffiasse », beugle le grand Australien en mimant adroitement une aspersion de liqueur séminale.

« Vous êtes tous des gros bâtards », apprécie mollement un Suisse qui n'arrête pas de bâiller.

« Les pirogues pourquoi pas, mais qui va ramer ? », s'interroge l'un des informaticiens suédois. « -On a plus rien qui puisse faire office de sucre lent. *Non*, le riz n'est pas un sucre lent, contrairement à ce que beaucoup de gens affirment.

-Vous croyez que ces *métèques* vont se donner la peine de fabriquer des pirogues pour vous ? », ricane un petit chauve qui passait par là.

Je repense aux quelques pirogues que la mer n'avait pas encore emportées, lorsque nous avons dû fuir le village. Il semblait impossible de les sauver du désastre, mais si nous avions su… Aucun d'entre nous n'imaginait que nous en arriverions là...

« Mon couvin qui est fniper fez les forfes fpéfiales le dit touvours, le plus vimportant f'est de garder fon fang froid », radote à très bon escient le Néozélandais hémiplégique.

« Mon yacht va bien finir par revenir », maugrée Steve le futé en grattant sa barbe d'un air contemplatif. « -On ne tiendrait pas tous dessus, quoique…

-Ton yacht. Ton *yacht* ! », proteste le Berlinois venu épauler son épouse. « C'est exactement à cause d'obscénités matérialistes comme celle-là qu'on a détraqué la planète. Bravo. Génial.

-Tuanui ao, ça veut dire *toit du monde* », ajoute la Berlinoise. « Vous le saviez au moins ? C'est peut-être important de le rappeler.

-On n'en a RIEN à cirer, putain ! », fulmine le père de famille japonais. « -À quoi tu nous avances avec tes réflexions de chiotte ? À quoi ???

-Homme blanc, bla bla, bla bla, plouf plouf zigga », estime un autochtone.

C'est le signal de la curée. Le *déclic*. Il s'agit surtout d'une question de principe ; pas une personne présente n'a compris ce que l'autochtone a voulu dire.

Le grand Australien lui assène une retentissante gifle. Selon le référentiel insulaire, ce geste est à peine moins insultant qu'une pénétration rectale non consentie.

Un autre autochtone dégaine sa machette, qu'il abat sur le grand Australien ; entretemps, la Berlinoise s'est interposée pour tenter de « calmer le jeu » en usant d'arguments chocs. La machette la fend de part et d'autre *et* de haut en bas sur une trentaine de centimètres, depuis la clavicule gauche jusqu'au plexus.

Son époux s'évanouit. Un des informaticiens suédois pousse le cri de guerre que son professeur émérite de *Kunkido* lui a inculqué, puis il se jette sur l'autochtone afin de le réduire en miettes, aidé par l'Australien ainsi que deux ou trois spectateurs motivés.

La rixe met bientôt aux prises six ou sept hommes, puis quinze, puis cinquante. On broie des crânes à coups de pierre, on s'étrangle, on s'écharpe sans tabou. Grâce à la barrière ethnique, il est plutôt aisé de distinguer les deux factions rivales.

C'est une représentation sinistre. Elle ne me surprend pas ; je regrette néanmoins que mon ancien garde du corps ne soit pas là pour me protéger.

« Le yacht n'est jamais parti », me confie Steve le futé après m'avoir éloignée du pugilat. « -J'ai... J'ai menti. J'étais à bord au moment de l'inondation. Je suis venu à Tuani ao après, en zodiac. Je préfère garder ça secret. Je suis arrivé de nuit, discrètement, sans me servir du moteur. Personne n'a remarqué que je sortais de nulle part, vu le bordel... Mes amis m'attendent sur le yacht. Je suis venu seul parce que je voulais ramener un maximum de survivants avec moi, et puis je me suis aperçu qu'il y en avait beaucoup trop... J'ai planqué le zodiac dans un fourré. Je sais où aller. On ne peut pas voir le yacht d'ici, mais je sais où il est.

-Un zodiac ? Pourquoi n'es-tu pas reparti plus tôt ?

-Pour m'organiser », chuchote-t-il en souriant. « Je ne pouvais pas deviner que les choses allaient se précipiter. Viktoriya... Ça m'embêterait de te laisser ici, mais le yacht n'est pas assez gros pour tout le monde. C'est tragique, oui, tragique. Je sais. Je suis obligé de faire un *tri*. »

Je connais le sens de son sourire ; je l'ai déjà observé à maintes occasions. Inutile de tourner autour du pot.

« Ok », dis-je en me sentant profondément souillée. Il y a moins d'une semaine, je jouais sur la plage avec Fara, ses camarades, des clients du bar et leurs enfants. Une variante du chat perché. On avait bien ri.

Je suis reconvertie. C'est du passé. Plus jamais ça. Qui croyais-je berner ?

« Ok ? Ok pour quoi ? », glousse-t-il. Est-il sadique ? Demeuré ? Un peu des deux ?

« -Ok pour être ta compagne de voyage le temps d'arriver sur le continent. En échange, tu emmènes aussi mes amis.

-Tes amis !? », s'exclame Steve, toujours hilare. « -Je veux bien me montrer magnanime, mais si on parle d'échange, il faut que ça soit gagnant-gagnant, tu vois ce que je veux dire ?

-Ok. Combien ?

-Oh, Viktoriya…

-Le temps presse. Combien ?

-4 000. 4 000 par personne. »

Un rapide calcul mental.

« Donne-moi cinq minutes. Cinq minutes, c'est tout ce que je te demande. Si tu essaies de partir sans moi, je raconte ton petit secret à toute l'île. »

J'aurais au moins réussi à effacer son rictus.

Il accepte. Derrière lui, les combattants s'étripent encore, malgré l'épuisement.

« J'ai assez d'argent liquide pour payer une place », dis-je avec entrain à Hinaarii, Aimata et les enfants après les avoir retrouvés, et leur avoir divulgué une version épurée de ma négociation avec Steve. « … Et assez sur mon compte pour payer les quatre autres une fois arrivés à bon port. »

« Non », décrète Hinaarii sans attendre.

Aimata est prostrée, déjà convaincue ; Moeanu et Fara, silencieux.

Je tombe de haut.

« Comment ça, *non* ? Tu ne vas pas croire que cet argent a la moindre importance pour moi, Hinaarii ? S'il te plaît. Ce n'est pas une question d'argent. Pas entre nous. J'en parlais uniquement par rapport à Steve.

-Ce… Steve a probablement tout prévu depuis le début, il veut profiter de cette situation, et toi, tu lui fais confiance ?

-Non. Par contre, j'ai plus confiance en lui qu'en mes autres options. Allons, Hinaarii…

-N'insiste pas. »

Je n'en crois pas mes oreilles. « -Peux-tu au moins me dire pourquoi ?

-N'y vois aucun mépris, mais si tu me poses la question, c'est que tu ne peux pas comprendre la réponse. Je ne quitterai pas mon île, Riya. »

Je m'aperçois que ma main gauche s'est mise à trembler. Et que des larmes coulent le long de mes joues. Je me tourne vers Moeanu, toujours muette. « Et… Et les enfants ? »

Moeanu semble aussi abasourdie que moi ; elle baisse les yeux, et secoue la tête de droite à gauche.

Tandis que tout s'effondre, je ne peux m'empêcher de songer à ma mère, affalée devant son ordinateur, dans notre minuscule appartement de Bogushovo. Son trait de caractère le plus prononcé, la servilité. L'aura de détresse et de renoncement qui émanait d'elle. Cette manie horripilante qu'elle avait de me conseiller de

« faire attention », tout en me privant de cette autorité à laquelle je rêvais de désobéir. « Faire attention à *quoi*, maman ? Qu'est-ce que ça veut dire, *faire attention* ? Tu sais de quoi tu parles, ou tu cherches à te justifier ? », lui avais-je hurlé juste avant qu'elle ne parte retrouver son prétendant d'Amérique ; agression légitime, mais superflue. Je ne lui ai plus parlé depuis.

Je sens que je vais m'évanouir à mon tour. Tout mon corps tremble maintenant.

Mes amis font donc le choix de la dignité. Que pourrais-je espérer si je les imitais ? Trépasser avec eux ? Laisser les flots m'emmener ? Disparaître parmi les abysses ?

J'aurai tout le temps de me haïr plus tard.

« Nous savions », lance Aimata en mettant un terme à mes pensées lugubres. Elle me serre contre elle. L'heure de se dire adieu est déjà venue.

« Pa… Pardon ? Vous saviez quoi ? De quoi parles-tu ? », lui dis-je. Aimata a-t-elle perdu la raison ? Suis-je la dernière personne sensée sur cette île ?

Hinaarii et Moeanu me fixent. Fara se tient contre la jambe de sa sœur.

« Nous savions tous qui tu étais », confesse Aimata avec une bienveillance hors de propos. Elle a pris mes mains entre les siennes. Je ne tremble plus. « Nous savions ce que tu avais fait avant de venir ici, et nous t'aimions quand même. Pour toi. Pour la *beauté de ton esprit*, cousine Riya. »

Deuxième partie
Helter Skelter

Chapitre 5
L'étoile éternelle

Je suis parvenue en Nouvelle-Zélande sans qu'un seul homme n'ait profité de moi. L'état dépressif dans lequel je suis plongée a le mérite de tempérer les ardeurs. Steve était particulièrement fier de revenir de sa mission avec la famille de Japonais, à qui il a extorqué pas loin de 10 000 dollars, et une *bombasse*.

C'est un simple vaurien. Pas une brute. Il s'est montré entreprenant à mon égard, tour à tour aguicheur, larmoyant et vindicatif, sans toutefois aller jusqu'à la menace physique. J'ai pu l'éconduire en prétextant des menstruations imaginaires, des maux de mer à peu près aussi fictifs ; je me suis également servie de la rivalité puérile qu'il entretenait avec ses compagnons de bord.

Ils auraient tous pu me passer dessus à tour de rôle. Ou me jeter à l'eau. Je ne crois pas que ça aurait changé grand-chose.

Le drame qui s'est déroulé à quelques kilomètres de leur yacht n'a pas entamé leurs velléités festives. Ces gens-là consacrent exclusivement leur temps à parader pour eux-mêmes. Aucune poudre ne dissimulera leur insignifiance.

J'ai abandonné mes amis. À l'heure qu'il est, ils sont morts. Tous les quatre. Moeanu. Fara. Aimata. Hinaarii. Les seules personnes qui comptaient encore pour moi. Les seules personnes pour qui je comptais encore. Je ne me le pardonnerai jamais.

Je ne peux pas me le représenter. Je ne peux pas l'accepter. Et je ne pense qu'à cela. C'est insupportable.

Je ne mérite pourtant pas de me plaindre.

« Sans rancune », m'a glissé Steve sur les quais du port d'Auckland. « Tu me dois une fière chandelle. »

Je ne lui ai même pas répondu.

J'ai erré machinalement. Je n'ai pas prêté attention à quoi que ce soit. Je n'ai pas réfléchi une seule seconde à ce que je faisais, jusqu'à ce que l'hôtesse de l'aéroport me demande où je souhaitais me rendre. « Barcelone », lui ai-je annoncé comme une évidence savamment préméditée.

Je ne sais pas pourquoi j'ai dit ça. J'aurais aussi bien pu rester à Auckland. Après une série interminable de questions incongrues sur mes *allégeances*, l'hôtesse a édité mon billet et je suis partie.

***

La compagnie sur laquelle je voyage se souvient de moi ; à l'époque, j'étais une très bonne cliente. Je suis en correspondance quelque part dans le golfe persique. Un *hub* ; l'intersection de dizaines de milliers de chemins. Tout le monde passe ici. Personne n'en a vraiment envie. Tout le monde peut aller où il le souhaite. Personne ne va nulle part. Un trait d'union entre deux néants.

Quelque part dans la nuit, j'énumère les noms des métropoles qui s'affichent sans cohérence sur un panneau pharaonique : *Toronto, départ prévu à 02 :40, porte A55… Madras, 02 :50, porte D18… Durban, 02 :55, C23…* Autour de moi, la foule se rue d'un pas soutenu vers les prochaines étapes de son égarement. De l'autre côté du décor, un océan de dunes et de poussière.

Ma démarche apathique ne colle pas à l'ambiance. J'ai dû me tromper de partition. Les proportions démentes de cet aéroport ne m'impressionnent pas. Le catalogue de boutiques qui défile devant mes yeux non plus.

Je traîne des pieds vers le salon première classe. On m'y accueille avec circonspection. J'ai soigné mon apparence, mais mon regard est sans doute un peu absent.

Comment allez-vous aujourd'hui, Madame Mazurkevych ? Votre voyage s'est-il bien passé, Madame Mazurkevych ? Je n'ai jamais saisi l'utilité de ce manège. Que suis-je supposée répondre ? *Super ? Au top ? Génial ?*

Je m'installe en section fumeurs. Une vieille habitude. On me sert un verre de vodka, je prends place dans un fauteuil moelleux. Dans l'attente de mon vol, une multitude de divertissements s'offrent à moi : des gourmandises. Des soins cosmétiques. Des tablettes donnant accès à une somme obscène d'images et de sons. De la réalité virtuelle. De la réalité augmentée. Une réalité frelatée.

« Patek », lance alors un individu assis dans un canapé sur ma gauche, suffisamment haut pour m'arracher à mes élucubrations.

Ces deux syllabes inopinées ont troublé la quiétude des lieux. Plusieurs des clients présents ont levé le nez de leurs tablettes pour s'enquérir de l'origine du désordre, avant de constater que son initiateur ne s'adresse pas à eux, mais à un Asiatique quant à lui assis à ma droite, habillé d'un costume en lin.

L'Asiatique considère alternativement sa montre, puis le malotru avec condescendance. « Oui ? Il a jamais vu une *Patek Philippe* de sa vie ? »

Sans cesser de sourire, le malotru pince le poignet gauche de sa chemise entre son pouce et son index, tire sèchement dessus et découvre un chronographe de la même marque. Ce petit geste paraît l'avoir comblé d'aise.

Le malotru ne doit pas avoir plus de 25 ans. Sa barbe est taillée avec attention, sans plus ; montre mise à part, son accoutrement est convenable, quoiqu'un peu débraillé. Un héritier maladroit ? Un gagnant de la loterie ? Un touriste surclassé, joyeux de porter des contrefaçons ?

« *N'importe qui* peut se payer une Patek », explique l'Asiatique. « C'est un cadeau qu'on t'a fait, hein ? Moi, les cadeaux, je laisse ça aux chiards et aux crève-la-faim. »

Il pianote déjà sur son téléphone.

« Non, ce n'est pas un cadeau. Mais je suis prêt à parier qu'elle a coûté moins d'efforts que la tienne », insiste le malotru d'un ton réjoui.

Un duel de mâles. Sans enjeu. Sans intérêt. Et moi, plantée là en guise d'arbitre ou de groupie. Ça m'avait presque manqué.

Un autre client fait mine d'aller se servir au buffet afin d'échapper au scandale. Je soupire. Le problème, c'est qu'on risque de prendre mon indifférence pour un encouragement.

L'Asiatique pose son téléphone sur une table basse et contemple attentivement le malotru.

« Ces montres, elles sont *gratuites* », persifle-t-il. « La veste que j'ai sur les épaules est gratuite. Ce putain de salon est gratuit. Laisse-moi deviner, tu fais quoi dans la vie ? Papa t'a décroché un poste pépère dans une boîte qui lui devait une faveur, et on t'envoie à Londres ou à La Havane pour boucler un deal *trop crucial* ? Toi aussi, tu es *gratuit*. *Tout* est gratuit. Je connais une chose et une seule qui soit pas gratuite : le *manche*. Ça, c'est une qualité rare. Précieuse. Tu l'as, le manche, ou pas ?[4] »

Je crois bien qu'il s'agit d'une métaphore phallique. Voilà qui est surprenant.

« Je n'ai pas besoin de *manche* pour effectuer mon travail », soutient le malotru.

L'Asiatique tire une longue taffe sur sa cigarette, l'écrase prestement, puis s'en allume une autre.

« Ok, *baby*. Dix », clame-t-il, comme si ce simple nombre allait couper court à l'esclandre. Il frissonne presque imperceptiblement.

Un silence. Le malotru avale sa salive. Il lui est difficile de masquer son désarroi. La tension est à son comble.

« Dix minutes », précise enfin l'Asiatique. « C'est le temps qu'a duré mon rendez-vous à Athènes. Je reviens de là-bas. Et encore, je suis sympa, je compte les banalités. »

Je connais par cœur les types de ce genre. Rien ne peut les atteindre. Leur attention est constamment focalisée sur la prochaine étape de leurs petites aventures plutôt que l'instant présent, sur leurs idées plutôt que leurs répercussions, sur le potentiel plutôt que le concret. Ils s'évertuent à entretenir une condition luxueuse en dépit de leur inaptitude fondamentale à la savourer, et les victimes collatérales de ce paradoxe se comptent par millions. Selon leur doctrine, les *banalités*

---

[4] *Scarface*, Brian De Palma, 1983.

incluent toute forme de communication non pourvue de finalité pécuniaire.

« Pendant ces dix minutes », ajoute l'Asiatique, « J'ai balancé les pires conneries qui me passaient par la tête. Sans réfléchir. Sans me retenir. Sincèrement, je me souviens même plus de ce que j'ai dit. »

Quel dommage. Moi qui brûlais d'envie de découvrir ce qu'il advient lorsqu'un tel homme ne se retient pas.

« En échange de ces dix minutes, j'ai reçu assez de pèze pour m'en payer trois comme celle-là », affirme-t-il en tapotant son index contre l'écran de sa montre. Si mes souvenirs sont bons, le prix d'achat d'une Patek Philippe suffirait à payer une habitation familiale dans la plupart des grandes métropoles du globe. À moins que tout ait changé durant mon exil polynésien. L'humanité s'est peut-être réveillée un beau matin en s'apercevant qu'elle était totalement débile. Elle a peut-être décidé de se remettre en question. Ou alors, peut-être pas.

« Ma montre n'aura coûté qu'une infime portion de temps. Une fraction de seconde », rétorque le malotru avec un regain d'allégresse.

L'Asiatique trépigne. Je n'ai certes pas la prétention de maîtriser toutes les subtilités des Saints Commandements de la psychologie masculine, mais je pense que le malotru a pris le dessus. Faut-il que je l'applaudisse ? Que je pousse un ou deux piaillements ?

« Ok, *baby*, je t'accorde mon attention », finit par concéder l'Asiatique.

Le malotru émet une interjection victorieuse. Il se tourne sur lui-même pour s'assurer que personne d'autre ne les épie. Je mérite donc d'entrer dans la confidence, en tant qu'accessoire officiel.

« Dans ce sac », déclare le malotru à voix basse en pointant du bout de sa chaussure le cabas Louis Vuitton qui trône à ses pieds, « Il y a suffisamment de C-4 pour raser la moitié de l'aéroport. J'ai été *désigné* par les Brigades de l'étoile éternelle. Mon prochain vol sera le dernier. »

L'Asiatique hoche la tête lentement, à plusieurs reprises. Son expression est hermétique ; à peine déconcertée. Pour ma part, je ne goûte pas à ce genre de plaisanterie.

« Brandon Wang », annonce l'Asiatique en se levant, puis en tendant sa main au malotru.

« Hakeem », répond le malotru en honorant l'invitation.

La glace est brisée.

« Une *Patek Philippe* ? », s'étonne Brandon Wang en se prenant au jeu. « -Je pensais que vos salaires se mesuraient en petites pu… Euh, en *vierges*, une fois la mission accomplie.

-Le paradis, c'est bien. Le pognon, c'est mieux.

-Et ton pseudonyme ? *Hakeem ?* C'est pour montrer que tu es un bon cul-bénit ?

-Pas du tout. Mon père était mordu de basket ; Hakeem Olajuwon était son pivot favori. J'aurais pu m'en tirer plus mal. Ça aurait pu être Shaquille, ou Dikembe[5]. Non, je ne suis pas musulman, et je n'ai pas de sang arabe dans les veines. Ou alors, ça remonte à 50 générations. Mon nom de famille, c'est Lopez, si tu veux tout savoir. Et toi ? Brandon, c'est ton vrai

---

[5] Shaquille O'Neal et Dikembe Mutombo, autres vedettes de la *National Basketball Association* durant les années 90 et 2000.

prénom ? Ou bien tu l'as choisi en regardant *Beverly Hills* ?[6]

-Faire péter un avion, sincèrement, c'est dépassé », remarque Brandon. « -On est plus au vingtième siècle, *baby*.

-Dixit le businessman qui cite Tony Montana » , riposte Hakeem Lopez. « Avant de juger de la qualité d'une œuvre, il faut pouvoir l'apprécier dans son intégralité, ce qui suppose un minimum de *patience. Ça*, c'est une qualité précieuse. Qui possède encore un peu de patience aujourd'hui ? »

Quelques secondes d'accalmie s'ensuivent.

Ces deux hommes m'exaspèrent. Je n'y tiens plus.

« Vous devriez faire attention », dis-je, « Des gens dépourvus de second degré pourraient vous entendre. Vous allez vous attirer des ennuis, juste parce que vous avez un humour foireux. Ce serait quand même dommage. En plus, votre histoire ne tient pas debout, à moins que vous ayez une technique secrète pour passer les contrôles de sûreté avec un sac rempli d'explosifs. »

Hakeem Lopez éclate d'un rire franc et soudain. Il est pris de convulsions. Il se tient l'estomac. « Les contrôles de sûreté ! Les contrôles de sûreté ! », répète-t-il en me pointant du doigt, comme un compliment. Je regrette déjà d'avoir pris part à cette blague. « Enlevez vos chaussures ! Levez les bras ! Mettez-vous à quatre pattes ! Et votre after-shave, il fait moins de 100 millilitres ? », gémit-il en séchant ses larmes. « -Ah, merci. Elle est bien bonne celle-là.

-Ok. Ok. Et tes revendications, alors ? », reprend Brandon Wang. « Par pitié, ne me dis pas que tu veux punir l'Occident de ses excès… C'est quoi, le créneau ?

---

[6] Série télévisée américaine.

Venger les bébés phoques ? Punir les méchants vilains en costume-cravate ? »

Hakeem Lopez a recouvré tout son sérieux. « Les seules revendications dont j'ai connaissance, ce sont les miennes. Elles étaient d'ordre matériel, et elles ont été respectées. »

Là, c'est trop. Je bondis. « -Pourriez-vous vous taire ? Vous n'êtes pas amusant. Vous n'êtes pas intéressant. Je ne suis pas d'humeur à écouter vos *pitreries*. Ça vous dépasse sans doute, mais certaines personnes n'ont pas la chance de vivre comme vous dans une bulle d'ironie bien douillette.

-Je ne m'amuse de rien, je me confie à vous. Ça vous fera un truc à raconter ! Demain, on parlera de moi partout. Je vais devenir le nouveau Mitch Partapos. »

Mieux vaut l'ignorer. Je hausse les épaules, et reprends la tablette posée devant moi. Je tape « Mitch Partapos ». Le premier lien suggéré est la couverture d'un magazine de mode sur laquelle pose un éphèbe au torse huileux, entouré de deux nymphomanes dans des poses pré-coïtales, l'une déguisée en agent de police, l'autre en militaire. Le titre : « Mitch Partapos, le terroriste le plus *hot* de la planète. » Le deuxième lien est une vidéo intitulée « Mitch Partapos attaque trois passants à la machette dans sa nouvelle pub pour les jeans Dries Van Noten ».

Ça se confirme : j'aurais dû rester à Tuani ao.

« -Ok, super, vous avez encaissé un gros chèque pour vous faire exploser… », intervient Brandon Wang, décidément inlassable. « Mais je me suis toujours posé cette question : à quoi ça sert de toucher le pactole, si c'est pour claquer comme une merde juste après ?

-Juste après ? Ça fait *un an* que je vis comme un prince. Six millions d'euros, rien que pour ma gueule. J'ai tout dépensé. Tu sais, Brandon, je ne vais pas te faire un dessin : quand on a autant d'argent, et qu'on est *promis* à la célébrité, les femmes… »

Je peux sentir leurs regards posés sur moi. Un réflexe animal. Je me disais bien que j'allais leur servir à quelque chose. Brandon Wang exécute une petite moue, l'air de dire : « Ok, pourquoi pas. »

J'ai vécu près de onze ans à l'écart. J'ai conscience d'avoir quelques épisodes de retard, mais je ne suis pas non plus devenue stupide : nos deux comiques se connaissent déjà. Ils auront imaginé ce scénario douteux pour m'aborder. Je devrais tout raconter à un vigile, histoire de leur donner une leçon. Le pire, c'est que c'est moi qui risque de passer pour une déséquilibrée.

« Plus vous cherchez à faire les malins, plus vous paraissez minables », dis-je à voix basse, sans lever les yeux vers eux.

« Restons courtois », s'esclaffe Hakeem Lopez. « Je tiens à finir en beauté. »

Il me dévisage théâtralement.

« *Bon*, c'est pas tout ça… », conclut-il en se levant, de cet air badin que bien des passagers affectent d'employer. « … Mais je ne voudrais pas louper mon avion. »

Chapitre 6
L'ascète

C'était pourtant vrai.

La nuit de mon arrivée à Barcelone, un groupuscule baptisé *Brigades de l'étoile éternelle* a fait sauter simultanément six avions de ligne en plein vol. Le nombre de victimes est évalué à environ 2 300.

Hakeem Lopez ne mentait pas. Si je l'avais deviné plus tôt, des vies auraient été sauvées. Je devrais m'en vouloir ; je ne ressens pas la moindre culpabilité. Sans doute la saturation.

Brandon Wang aurait pu lui aussi réagir autrement. Je me demande s'il pensait avoir affaire à un simple farceur, ou s'il avait tout compris.

Depuis mon hôtel, je me promène sur la toile avec la tablette que je me suis achetée -je suis limite agoraphobe, il vaut mieux que je conserve un lien avec le monde extérieur.

Curieusement, le coup d'éclat des Brigades de l'étoile éternelle ne figure pas en une des journaux en ligne que je consulte. L'actualité est accaparée par d'autres événements : Hernan Virgat envisage de quitter la Juventus de Turin. Des traces d'organes de rat ont été décelées dans des falafels Ikea. Le fils cadet de Miley Cyrus sort sa première *mixtape*.

Pauvre Hakeem Lopez ; le quart d'heure warholien auquel il aspirait tourne court. Son sacrifice ne donne lieu qu'à de brefs paragraphes, et à quelques allusions sur les réseaux sociaux. Deux ou trois dirigeants politiques réprouvent paresseusement ce « crime calomnieux », et promettent des représailles. Ils ont surtout l'air pressés de passer à autre chose.

Il faut dire que le terrorisme est devenu un marché très concurrentiel. Selon *The guardian*, ces six explosions concomitantes n'arrivent qu'en onzième position au palmarès des attentats les plus marquants de l'année. « Les Brigades de l'étoile éternelle frappent fort », titre le pigiste, « Mais le grand public ne se souviendra pas d'eux. Rien que cette semaine, nous avons eu le Grand califat de Mossoul, L'Aube du glaive slave et Ansar Bait al-islamiah… Il y a trop de drames, trop de guerres saintes, trop de braillements, et les gens ne s'y retrouvent plus. La vidéo de revendication des Brigades dépasse à peine les trois millions de vues. *Bref, tout le monde s'en fout.* »

« Le grand Verdict approche », promet le porte-parole des Brigades dans ladite vidéo ; l'homme est maquillé à outrance, habillé d'un smoking aubergine. « Vos péchés seront absous jusqu'au dernier. »

Derrière lui, une dizaine de seconds rôles tournent le dos à la caméra, têtes baissées, dans des postures interdites. Ils se tiennent contre une paroi sur laquelle figure une mappemonde approximative, parcourue de temps à autre par de brèves ondes bleues ou mauves. Ils sont vêtus de treillis militaires, de toges de moines bouddhistes ou de sacs plastiques ; l'un d'eux porte une combinaison complète de Judge Dredd[7]. Un autre est

---

[7] Super-héros multifonctions faisant office de gardien de la paix, inspecteur, CRS, commissaire divisionnaire, sous-préfet, procureur, avocat, greffier, juge, jury et bourreau. Sa devise concordante est *I am the law*, qui se traduit de façon assez univoque par *Je suis la loi*.

nu : il est plus grand et maigre que les autres. La teinte de son épiderme est glauque. Son corps est animé d'un frémissement indistinct, continu, comme celui d'un condamné à la chaise électrique filmé au ralenti.

« Soyez sereins », énonce le porte-parole, « Votre monde sera bientôt anéanti, et nous danserons parmi ses cendres. Nul n'échappera au grand Verdict. Vous vous prosternerez face à la Suprême Libellule. Vous vous prosternerez face à l'étoile éternelle. »

En conclusion, il se saisit d'un couteau de cuisine, dont il s'aide pour trancher posément l'index de sa main gauche, sans se départir une seule fraction de seconde de son expression maniérée, et sans quitter l'objectif de la caméra des yeux. Il exhibe ensuite son doigt tel un trophée dégoulinant, puis ses camarades en arrière-plan commencent à reculer vers lui, et l'image s'estompe dans un effet de fondu tandis qu'ils se rapprochent.

Cet homme peut aussi bien découper chacun de ses doigts ; sa mutilation filmée reste une supercherie, en laquelle lui-même ne croit plus. Hakeem Lopez allait à l'abattoir d'un pas guilleret, sans chercher à se justifier.

Oooohh meeeerd…., écrit en commentaire un(e) certain(e) SHO_ME_D@_B$$$$CKZ. *Le kem en djge dred, t tro foooor naaan !!!!*

La plupart des autres commentaires sont des ignominies sans rapport direct avec la vidéo initiale. Les internautes s'injurient et se menacent sans modération ; voilà ce qu'il advient lorsque l'on plonge une population d'êtres incertains et paranoïaques dans un environnement dérégulé. Depuis mon époque, rien ne s'est amélioré, bien au contraire.

Les centres d'intérêt de l'espèce humaine sont toujours les mêmes. Pornographie juvénile. Bêtisiers d'animaux domestiques. Quotidien prodigieux de l'aristocratie *people*. Le firmament de notre évolution est une foire nombriliste au gré de laquelle on peut trouver strictement n'importe quelle marchandise, des moufles en skaï et des avions de chasse, des asperges bicéphales, des esclaves prépubères.

On peut même y trouver l'amour ; ma mère en était persuadée. J'ai passé mon adolescence à lui servir d'assistante matrimoniale, à tirer puis retoucher des centaines de fois son portrait, à peaufiner des rengaines coquettes et fallacieuses lancées vers l'inconnu, à contempler sa silhouette avachie face au moniteur de notre vieil ordinateur, bouche ouverte, main droite sur la souris, prête à bondir sur le bon prétendant. Qui était le *bon prétendant* ? Un homme charitable, loyal, galant, docte, téméraire, -et bien entendu *pété de thunes*. L'antithèse de cette *vermine* qui m'avait selon elle servi de père biologique.

***

Je veux comprendre ce qui s'est passé à Tuani ao. Je parcours quelques articles sur le sujet ; la crue aurait bel et bien été causée par *l'inlandsis ouest-Antarctique*, qui se serait détaché de son continent. L'inlandsis ouest-Antarctique est une sorte d'iceberg géant dont la superficie équivaut à sept fois celle de l'Espagne, et qui contient 95 fois plus d'eau douce que les cinq grands lacs américains cumulés. En dérivant vers le nord, et en fondant, il aurait provoqué l'inondation de neuf millions de kilomètres carrés de littoral, aux Philippines, en Équateur ou en Papouasie. Et le déluge ne ferait que commencer ; le Groenland aurait accéléré *spectaculairement* sa fonte, tandis que l'inlandsis *est*-Antarctique, treize fois plus massif que son petit frère, menacerait de rompre à son tour. *Un tiers* de la surface terrienne de la planète serait sur le point de disparaître. Des millions de personnes seraient déjà portées disparues. Aucune autorité ne serait en mesure de les recenser.

Je lis ces aberrations, à l'abri dans une petite chambre d'hôtel, et mes amis sont quoi qu'il en soit morts. Moeanu. Fara. Aimata. Hinaarii. Je ne peux m'empêcher de les voir, gesticulant en pleine mer pour différer la noyade, Hinaarii tenant Fara à bout de bras vers une supposée rémission, ou peut-être en offrande.

Mon tremblement reprend.

Je poursuis ma promenade numérique, histoire d'occuper mon esprit. Sous la couche d'actualités mondaines, les thèmes anxiogènes abondent, et parmi eux, la montée des eaux passerait presque inaperçue : le *New York Times* publie un dossier spécial intitulé WORLD WAR III IS UPON US[8]. Le Secrétaire Général de l'Onu annonce que la famine dans la zone Afrique et au Moyen-Orient atteint un *seuil critique*, et que plus de *120 millions* d'individus périront si aucune *action massive* n'est envisagée à très court terme. Le Pentagone s'inquiète publiquement d'un *virus informatique belliqueux* qui aurait contaminé un peu partout dans le monde des serveurs *hautement sensibles*, dirigeant silos à missiles, centrales nucléaires et barrages hydroélectriques ; des *anomalies majeures* sont à prévoir. Un *super-séisme* vient de dévaster une bonne partie du Cachemire.

---

[8] LA TROISIÈME GUERRE MONDIALE APPROCHE.

Mon tremblement ne s'est pas atténué. Plus les sources d'information sont réputées crédibles, plus j'éprouve de difficultés à les croire.

***

« L'apocalypse approche. » J'en avise un autre pensionnaire de l'hôtel, un grand Maghrébin plutôt distingué, lui aussi accoudé au bar.

« Ouais, ouais, je sais », me répond-il en écarquillant un sourcil. « Ils l'ont bien cherché, ces connards. »

Si l'apocalypse approche vraiment, je ne pense pas pouvoir tenir bien longtemps. Dans une conjoncture aussi chaotique que celle de Tuani ao, je n'apportais strictement aucune *valeur ajoutée* au groupe dont je faisais partie. Mes compétences linguistiques ou littéraires étaient inutiles. Je me contentais de consomer les denrées vitales dont nous disposions, sans en fournir d'autres en retour ; je ne sais ni chasser, ni cultiver la terre. Je ne sais pas soigner une plaie béante. Je ne sais pas bâtir de maison. Je ne sais pas faire de feu. Je ne sais pas me battre. Et je ne sais pas enfanter. Soyons lucides : j'ai survécu à Tuani ao en faisant appel à la seule aptitude tangible que je possède, et que je refuse pourtant d'assumer…

J'en ris, puisque cela n'a rien de cocasse. Chaque jour qui passe me rend un peu plus binaire. Il vaut mieux que je m'arrête. Je préfère n'importe quel péril planétaire à l'introspection.

« Pourquoi vous vous marrez comme ça ? », m'interroge le grand Maghrebin. Il boit son Chablis par gorgées minuscules, comme un subterfuge pour leurrer le temps.

« Non, rien, je me demandais juste qui étaient les *connards* auxquels vous faites référence. L'ensemble des habitants de la planète, exception faite de vous-même ? Une confrérie omnisciente et pernicieuse qui aurait conspiré dans l'ombre ?

-Ils n'ont pas conspiré dans l'ombre », me corrige-t-il sans se froisser. « -Ils l'ont fait au grand jour. Sous nos yeux. Pourquoi se seraient-ils gênés ? »

Je repense à ce que répétait le seul politicien dont j'ai partagé l'intimité, mon client français aujourd'hui au sommet : « Il faut raconter aux gens ce qu'ils ont envie d'entendre. »

Ou encore : « Je ne me repose pas sur ceux qui m'entourent. Ce sont *eux* qui se reposent sur moi, car dès qu'ils doutent, ils se tournent vers mon regard pour y chercher cette lueur rare et porteuse d'espoir, qu'on appelle charisme, ou *leadership*. Il n'y a rien d'autre qui compte. Je suis un leader. »

Tous les *leaders* ne sont pas aussi ignares. Néanmoins, la communication populaire a des siècles durant consisté à nous abreuver de catastrophisme. Il est par conséquent délicat d'admettre aujourd'hui l'imminence d'une crise majeure ; le terme *crise* a été vidé de son sens par un emploi abusif et souvent hors de propos. *L'espace lexical* dans son ensemble a été vidé de son sens ; estropié, falsifié, dilué à l'état d'une bouillie fade et inefficace. La vérité reste inexprimable.

Nous sommes ivres de stupeur et de crainte, et rien ne peut plus nous choquer. Rien ne peut plus nous faire réagir. La poussière chuchote à la poussière. L'humanité va s'autodétruire dans l'anonymat.

Rattrapé par l'urgence, le grand Maghrébin termine brusquement son Chablis. « Bon courage », me souhaite-t-il avant de prendre congé.

Chapitre 7
La perle rare

Je suis sur une pente descendante, je le sais. Je suis enfermée dans ma chambre, en attendant la fin des temps, et je ne sors que pour aller cuver au bar du lobby. Je passe mes journées sur internet, comme ma mère recherchant son prétendant. Je me demande si elle est heureuse aujourd'hui, de l'autre côté de l'Atlantique.

Je m'étais exilée parce que le monde m'angoissait, et entretemps, on ne peut pas dire que les choses aient changé pour le mieux. Il faut tout de même que je me reprenne. Si c'était pour me laisser mourir, j'aurais effectivement dû rester à Tuani ao. Je dois continuer à me battre, ne serait-ce que pour honorer la mémoire de mes amis. De toute façon, il ne me reste quasiment plus d'argent.

Je ne sais pas si c'est l'enfermement qui me fait perdre les pédales, mais je finis par croire à tout ce que je lis. Il faut que je sorte de cette chambre. Il faut que je sorte de cet hôtel. L'odeur du produit qu'ils utilisent pour shampouiner la moquette me donne des migraines. La texture du papier peint me déprime. Le personnel se plaint du manque d'affluence ; pour ma part, je trouve qu'il y a beaucoup trop de monde. Il faut sans doute que je quitte Barcelone même. Mais cette perspective m'angoisse. J'ose à peine franchir le pas de la porte pour en fumer une.

J'ai besoin d'un compagnon de route sur lequel m'appuyer. D'une présence réconfortante, grâce à laquelle je conserverai le sens des réalités. Parmi mes connaissances, le seul qui sache tenir ce rôle est mon ancien garde du corps, Lorenzo.

Certes, Lorenzo est un homme ultraviolent. Le problème, c'est qu'il s'exprime souvent par le biais de simples grognements ; ça rend ses interlocuteurs nerveux, et la nervosité d'autrui, bien entendu, rend Lorenzo ultraviolent. C'est un cycle un peu frustrant.

Bien qu'il ne soit ni grand, ni spécialement trapu, Lorenzo n'en reste pas moins intimidant. Sa démarche cauchemardesque, lente et chaloupée, évoque à elle seule les pires présages. Ses gestes les plus anodins sont millimétrés, empreints d'une froideur définitive. Sa peau est couverte de tatouages et de cicatrices. Son regard, enfin, est vitreux, inhabité ; une fenêtre sur le néant.

Sa présence avait justement le don de m'effacer. À ses côtés, je n'étais plus une blonde d'un mètre quatre-vingt avec un panneau « PUTE RUSSE » clignotant au milieu du front ; personne ne m'accordait la moindre attention. Entre la belle et la bête, laquelle des deux marque les esprits ? J'ai toujours fait confiance à Lorenzo, dès nos premiers pas ensemble, lorsqu'il ne me protégeait que par obligation professionnelle.

Il m'a raconté son curriculum, un soir où nous avions partagé une bouteille de scotch. Au départ, encore adolescent, il était militaire. Son entraînement n'avait pas consisté à apprendre le combat à mains nues ou le maniement d'armes à feu ; il s'agissait de révoquer sa conscience, son âme, tout ce qui caractérisait sa conception du bien et du mal. Lorenzo ne s'étalait pas sur le contenu de cette formation, mais au terme de celle-ci, on l'avait débarrassé de sa compassion et de ses doutes. La torture ou l'exécution de n'importe quel être humain, dans n'importe quelles circonstances était devenu un exercice aussi insignifiant que le pliage d'une feuille de papier, ou l'écrasement d'un mégot de cigarette.

Cette compétence revêtait une certaine valeur marchande, et Lorenzo avait pu la monnayer dans un contexte idyllique, un peu plus au nord, à la frontière américano-mexicaine. Les méthodes de mise à mort des cartels étaient l'enjeu d'une compétition artistique, dont les médias se gargarisaient. La seule limite à cette rivalité était l'inventivité débridée des *big boss* qui passaient commande, et l'abnégation de ceux qui honoraient leurs directives, aussi sordides fussent-elles. Lorenzo percevait ces péripéties comme des entractes stériles, dénués d'intérêt.

Sa déception avait atteint son paroxysme lors d'une mission laborieuse à Ciudad Juárez. On lui avait remis un hangar isolé, un caïd local et une caisse à outils, avec pour seule consigne de prolonger le calvaire aussi longtemps que possible ; la routine.

« Tu risques de te fatiguer plus vite que moi », l'avait prévenu le caïd local.

Trois jours besogneux plus tard, tandis que Lorenzo équarrissait minutieusement le tendon d'Achille gauche de sa victime à l'aide d'un économe rouillé, celle-ci lui avait soufflé d'une voix sereine : « Je m'ennuie. Tu t'ennuies aussi, je le sens. Finissons-en. J'en ai marre. À quoi bon ? »

Lorenzo avait médité avec soin, puis il avait avoué au caïd local qu'il partageait sans réserve son appréciation. En exauçant son vœu, il avait déposé un baiser sur l'une des rares portions encore intactes de son épiderme ; ensuite, il était parti.

J'ai fait sa connaissance un peu plus tard. Le rôle de garde du corps était pour lui une sinécure. Mais Lorenzo était resté le même ; « une abomination », reconnaissait-il parfois.

Le réseau auquel nous étions affiliés était invisible. Omniprésent. Impitoyable. Le moindre écart se payait au prix fort. On s'imagine pouvoir composer avec la peur, on répète qu'elle est un choix ; dans l'ombre, la peur ricane encore.

Ma survie ne tenait qu'au désir dont j'étais le véhicule, et chez beaucoup d'hommes, ce désir se traduisait en pulsions brutales. Certaines de mes consœurs ont été défigurées. Certaines de mes consœurs ont été étranglées sommairement, gratuitement, pour la *beauté du geste*. Une Cambodgienne avec qui j'avais sympathisé était tombée enceinte de son petit ami au mauvais moment ; elle avait été rouée de coups de pieds, abandonnée contre un trottoir humide. Lorsqu'elle s'était réveillée, les infirmiers avaient dû la ceinturer à son lit, tandis qu'elle les implorait dans sa langue natale de sauver son enfant. J'avais continué de sourire chaque soir aux nigauds que l'on m'assignait.

Je rapportais beaucoup d'argent au réseau. J'en ai profité, tant que cela durait. Je me suis faufilée d'une étape à une autre en usant d'innombrables précautions. J'ai échappé au pire, sans me laisser effleurer par le doute, et le simple fait de suggérer la chance que cela induit me glace le sang.

Je me suis juré un million de fois que je préférerais mourir plutôt que de connaître à nouveau l'asservissement.

C'était facile à promettre ; la question ne se posait pas.

***

J'ai vérifié que Lorenzo ne travaillait plus pour notre ex-employeur commun. Je n'ai pas eu trop de mal à le retrouver ; il n'a pas changé de numéro. « Barcelone ? », m'écrit-il dans la foulée de mon message. « Je rentre au pays. Je peux faire un crochet par Barcelone si tu veux venir avec moi. C'est un peu compliqué de trouver des billets d'avion, mais je vais me démerder. »

Deux jours après, il m'attend dans le lobby de l'hôtel. L'expression de son visage ne change pas d'un iota lorsqu'il m'aperçoit.

Quant à moi, je ressens un immense soulagement. Et un besoin irrépressible de lui relater tout ce que j'ai pu lire sur la toile. De déverser le trop-plein d'information cataclysmique que j'ai ingurgité depuis que j'ai posé le pied dans cette ville.

Je lui parle du NASDAQ qui a décroché pour la dixième séance d'affilée, des centaines de millions d'Africains qui vont crever de faim avant la fin de la semaine, de l'industrie émergente du cannibalisme, de l'inlandsis ouest-Antarctique qui continue de dériver et du niveau des océans qui continue de monter, de Kim Jong-un qui menace encore d'atomiser le sud de la péninsule coréenne, des Brigades de l'étoile éternelle, des virus informatiques et des drones qui tirent sur tout le monde sans que personne ne sache qui les pilote, du roi Saoudien qui affirme que les puits de Ghawar et de Safaniyah, d'où est tiré 9% du brut mondial, sont inexploitables, du cours du baril qui a déjà été multiplié par sept, des émeutes à Djakarta suite à la construction du mur d'endiguement, de la guerre civile dans les favelas de Vidigal, Rocinha et Cidade de Deus à Rio, des autres guerres qui ont éclaté au Mozambique, au Congo et au Tibet, de Manille qui ne répond plus, de la Knesset qui est particulièrement sur les nerfs, de Gordon Ramsay qui fait un carton en librairie avec son cancer des testicules, de Tuani ao, de Moeanu, du séisme et du blackout en Inde, de la banque HSBC qui est au bord de la faillite, des manifestations monstres en Pologne et en Algérie, des rumeurs saugrenues d'invasion zombie et d'animaux de compagnie qui agressent leurs maîtres, de l'épidémie de conjonctivite qui se propage sur le continent américain, des falafels Ikea et du volcan Nyiragongo qui est entré en éruption.

« T'as vraiment une gueule de merde », me répond Lorenzo. « Allez viens, on se casse. »

Chapitre 8
Retours fortuits

Lorsque Lorenzo m'a invitée à le suivre, j'ai accepté sans réfléchir. Une fois assise dans l'avion, je réalise que notre destination est sa terre natale : le Salvador.

L'aéroport de Barcelone était sous haute tension ; l'ambiance de celui d'Ilopango est carrément suffocante. Il y a des militaires absolument partout, des files d'attente compactes et interminables, des femmes qui hurlent, des hommes qui en viennent aux mains, des enfants qui pleurent. Il semblerait qu'un certain nombre de Salvadoriens cherchent à quitter leur pays de toute urgence.

Je note que beaucoup d'entre eux observent Lorenzo d'un œil épouvanté. Ses tatouages et ses cicatrices sont une signature aisément identifiable ; au Salvador, ce genre de démon ne vous rend visite que si votre heure est venue. Même les militaires palissent en le voyant déambuler vers eux.

En conduisant depuis l'aéroport, nous croisons de nombreux paysans se ruant vers les montagnes, leurs chétives possessions maladroitement chargées sur des remorques de fortune ; le littoral aurait avancé jusqu'à El Carmen, à 50 kilomètres dans les terres, et le Rio Lempa n'a jamais été aussi haut, me dit Lorenzo. Nous apercevons des pompiers et d'autres soldats autour d'Apastepeque. Ils ont l'air encore plus égarés que les civils qu'ils sont censés encadrer.

***

« Ignacio est passé l'autre jour », affirme Guadalupe, la grand-mère de Lorenzo. Elle vient de nous accueillir chez elle. « Et il n'a pas été très aimable avec moi. Pas aimable du tout. »

Lorenzo acquiesce sans polémiquer. Il m'a prévenue : Guadalupe est âgée de 93 ans, il lui arrive donc de faire un peu trop confiance à son imagination. En l'occurrence, Lorenzo m'a raconté dans l'avion que son grand-père Ignacio, l'époux de Guadalupe, était décédé des suites d'une embolie pulmonaire deux ans et demi plus tôt. Il est vraisemblable que cet événement ait réduit ses facultés de déplacement, et qu'il n'ait pas pris la peine de venir saluer à l'improviste l'amour de sa vie.

Lorenzo abhorre San Francisco Javier, village de son enfance. Ce village lui remémore un passé déplaisant, parsemé d'échecs et de frustration. Il est donc plutôt ravi que je l'accompagne. Son agenda professionnel était saturé de demandes en tous genres, mais Guadalupe est l'unique survivante de sa famille avec qui il est encore en contact, et il ne l'avait plus revue depuis les funérailles d'Ignacio, justement.

« Il n'a pas bonne mine », poursuit Guadalupe en s'adressant à moi, après avoir inspecté le visage de son petit enfant. « Ignacio n'avait vraiment pas bonne mine, lui non plus. Est-ce qu'il mange à sa faim ? Mais non. Bien sûr que non. Allez, je vais vous préparer quelque chose. »

Lorenzo acquiesce à nouveau. Le misérable plateau-repas qu'on nous a servi à bord de l'avion ne l'a pas sustenté. Il a passé le vol à me vanter la cuisine de Guadalupe.

En se levant, Guadalupe s'accorde un luxe auquel nul autre ne peut prétendre : elle caresse le visage de Lorenzo. Ce dernier pousse un grognement, et agrippe le bras de sa grand-mère, qui laisse échapper un petit cri de surprise. Lorenzo a oublié les gestes élémentaires inhérents à ce type de promiscuité. Pour se rattraper, il pose son autre main sur le bras de Guadalupe, en s'efforçant cette fois-ci de procéder avec prévenance. Ce geste est aussi maladroit que le précédent, mais pétri de bonnes intentions, et Guadalupe paraît rassurée. Inutile de préciser que je n'ai jamais été témoin d'une telle démonstration de tendresse de la part de Lorenzo -globalement, je n'ai pas été témoin de beaucoup de démonstrations de tendresse au cours de ma vie.

Ma mère, peut-être, lorsque j'étais enfant. Haute comme trois pommes, je dansais à cloche-pied sur son lit ; assise contre son oreiller, elle feignait de ne pas me voir, puis me prenait dans ses bras en me couvrant de chatouilles et de baisers.

Un jour, subitement, elle ne fit plus semblant de m'ignorer. J'ai mis un certain temps à comprendre que je n'y étais pour rien.

Je reprends mes esprits. Tout en maintenant son étreinte, Lorenzo a désigné une marque rougeâtre, en dessous du coude de Guadalupe. C'est une plaie. Une plaie de presque cinq centimètres de large, dans la chair du triceps ballant de Guadalupe. Les abords de la blessure m'ont l'air infectés.

« Puisque je te dis qu'Ignacio n'a pas été aimable avec moi », répète Guadalupe en guise d'explication. « J'ai voulu l'embrasser, malgré sa très mauvaise mine, et au lieu de cela il m'a sauté dessus en couinant comme un animal. Oui, un animal. Ensuite, il m'a mordue ! Ça m'a fait beaucoup de peine, vraiment, mais j'ai dû le sortir à coup de balai, comme à l'époque où il rentrait pinté à la maison. Il m'avait promis de ne plus boire. »

« Je suis sûr que c'est l'autre bâtard d'El membrillo qui a fait le coup », grommelle à mon attention Lorenzo en se dressant d'un bond. Il n'a pas eu besoin de plus écouter sa grand-mère, ni de collecter d'autres témoignages, ni d'inspecter la scène du crime pour identifier le coupable ; et pour cause, celui-ci est désigné d'office. La cuisine de Guadalupe attendra.

Nous marchons vers ce qui sert de centre-ville à ce trou paumé. Chemin faisant, Lorenzo m'explique qu'il n'a jamais pu supporter Benny Suárez, dit « El membrillo[9] » ; Lorenzo n'attend qu'un prétexte pour l'étriper. On pourrait même supputer que Lorenzo est revenu à San Francisco Javier *expressément* pour étriper Benny. D'autres occasions de parachever ce projet se sont déjà présentées, me confie-t-il, mais il y a toujours eu des empêchements.

Benny Suárez n'est pas un mauvais bougre, poursuit Lorenzo. Mais le truc, c'est qu'il sourit *constamment*. Ses parents lui ont appris à profiter de chaque jour que la providence lui offrait, et ce *crétin* est resté suffisamment niais pour prendre ladite philosophie au pied de la lettre. Rien ne contrarie plus Lorenzo que le faciès enjoué de Benny ; selon Lorenzo, un individu qui sourit constamment est attardé mental, camé ou *inverti*.

« Oh, le con », s'emporte Lorenzo en me montrant Benny, vautré à 20 mètres de nous sous la pancarte « Supermercado[10] » d'un agrégat de tôles rouillées.

---

[9] *Le coing.*
[10] *Supermarché.*

C'est indéniable, Benny sourit. Il est seul, inerte, au milieu de nulle part, et il sourit. Je dois admettre que de prime abord, et bien que j'ignore pourquoi, son attitude m'irrite.

Lorenzo se raidit. Je peux distinguer les tendons de ses mâchoires qui se crispent un à un.

Benny a grandi avec Lorenzo ; il appréhende donc plutôt bien les sophistications délicates de sa personnalité, et lorsqu'il le voit approcher d'un pas décidé, poings serrés, il comprend que son vieux compère n'est pas venu pour discuter décalcomanies. Il n'hésite pas une seule seconde, et court aussi vite qu'il le peut dans la direction opposée.

Nous le rattrapons. Lorenzo les rattrape tous, sans se hâter, sans faillir, sans verser une goutte de sueur ; jadis, on le payait pour cela. Ses *cibles* pouvaient foncer au volant d'un bolide hors de prix pendant des centaines de kilomètres, emprunter des routes scabreuses vers un abri camouflé au milieu de la jungle, et Lorenzo les attendait là, impavide, inexorable, paré pour les basses œuvres.

« El membrillo n'y est pour rien », déclare quelqu'un dans notre dos, alors que Lorenzo s'apprêtait à enfoncer ses deux pouces dans les orbites de Benny. C'était un petit préliminaire, une *gourmandise*, m'avait-il indiqué, juste pour vérifier si Benny continuerait à sourire avec deux cavités béantes à la place des yeux.

Lorenzo se pince les lèvres. Il est contrarié. Cependant, il connaît manifestement bien celui qui l'a interpellé. « Salut, Jaume », lui dit-il. Il se tourne vers moi : « Je te présente Jaume Aguilera, un très bon ami de ma grand-mère. »

Si ce péquenot est un *très bon ami* de Guadalupe, Lorenzo ne peut pas même envisager de le décoiffer ; essuyer les remontrances de sa grand-mère est au-dessus de ses forces. Guadalupe apprécie bon nombre d'habitants de San Francisco Javier. « Une fois qu'elle ne sera plus de ce monde », m'a promis Lorenzo pendant que nous attendions nos valises, « Je passerai ce putain de village au lance-flammes. »

« Ta grand-mère ne t'a pas menti », ose Jaume. « Ignacio est ressurgi d'entre les morts… Et il n'est pas le seul. »

Lorenzo fixe Jaume d'un regard funeste, lourd de sens. Proche de Guadalupe ou pas, Jaume a intérêt à se montrer convaincant.

Par déformation professionnelle, Lorenzo accueille toujours l'incongruité avec scepticisme. Ses victimes d'antan étaient prêtes à déblatérer n'importe quelle fabulation pour échapper à la fatalité, et Lorenzo récite parfois des florilèges de leurs ultimes plaidoyers.

« Le livre sacré nous a averti », continue Jaume. Son expression est empreinte de découragement. Ou de terreur. « *En ces jours-là, les hommes chercheront la mort et ne la trouveront pas. Ils souhaiteront mourir et la mort les fuira.*[11] »

Je ne pense pas que Lorenzo ait été réceptif aux cours de catéchisme de son enfance. Je n'ai passé qu'une poignée d'heures au Salvador, mais si j'ai bien compris, ici, celui qui tend la joue gauche peut aussi bien s'essayer à l'apnée dans une piscine de ciment frais.

« Suivez-moi », propose Jaume en discernant notre méfiance. « Je vais vous montrer quelque chose, pas loin d'ici, derrière la route de Tecapán. Si vous ne me croyez toujours pas après avoir vu *ça*, vous pourrez faire de

---

[11] Apocalypse 9.6.

moi ce que vous voudrez. Pour ce qui est du petit Suárez, il ne risque pas de partir bien loin. »

***

C'est une tranchée. Une fosse de cinq mètres sur trois, creusée par des mains tremblantes. Un charnier. J'ai pu en sentir la puanteur caractéristique plusieurs minutes avant d'y parvenir. Un essaim de mouches surexcitées virevolte tout autour. Des charognards veillent en embuscade, sans plus s'approcher.

Il y a là quelques cadavres, entiers ou déchiquetés, la plupart d'entre eux en état de décomposition avancée. Et ces cadavres sont *agités*. Le charnier *grouille*. Le râle d'une plainte atroce et défigurée en émane, comme s'il plongeait jusqu'au neuvième cercle de l'enfer. Des membres épars remuent un peu partout. On croirait un filet de poissons à peine arrachés à la mer. Un bras décharné gratte la terre humide devant lui, observant une pulsion indistincte. Un cadavre coupé juste en dessous de la cage thoracique tente de s'accrocher à la jambe d'un autre paysan qui traîne par là. Le cadavre-tronc abdique après avoir reçu une douzaine de coups de pelle sur le crâne, réduit à l'état de pulpe noirâtre. Ses doigts frémissent encore, pas tout à fait vaincus. Je vomis mon plateau-repas. Une sueur froide me passe le long du dos. La peur est un choix, encore et toujours. Le paysan, lui, s'affaire en silence, contrit et discipliné.

« *Et ils n'ont de repos ni le jour ni la nuit, ceux qui adorent la bête et son image*[12] », psalmodie Jaume Aguilera en se signant.

---

[12] Apocalypse 14.11.

Ce dévot sénile en rajoute peut-être un peu trop. Lorenzo hoche tout de même la tête ; à sa manière, il l'encourage à nous en dire plus.

Jaume se lance alors dans l'une de ces litanies dont je perds le fil après quatre ou cinq syllabes. Au gré d'un discours poussif, il évoque sept sceaux, des trompettes, des chevaux blêmes et des lampes ardentes ; pour une raison mystérieuse, il multiplie les références à un « agneau » qui joue apparemment un rôle prépondérant dans sa fable. Il postillonne beaucoup, et Lorenzo peine à conserver sa décontraction sous les projectiles. Lorsque Jaume s'ébroue pour adjurer un dragon, deux serpents, un aigle et des bidules à cornes, je commence à me demander si ses neurones n'ont pas complètement grillé.

« *Car il est venu le grand jour de leur colère* », s'enflamme-t-il en imitant sans le vouloir un piètre acteur de vidéoclub. « ... *Et qui peut subsister ?*[13] »

Le paysan qui traînait par là vient le secourir à temps. Il use d'anecdotes plus concrètes, ce qui n'est pas pour me déplaire.

« L'a commencé ya une s'maine peu près, ouais », rebondit-il au moyen d'inflexions fleurant bon l'arrière-pays. « L'premier qu'j'a vu, crois bien qu'c'était Simeon, mais suis pas sûr. L'avait la gueule qui pendait, comme Simeon, ouais. L'a avancé vers moi, j'a cru qu'voulait m'faire l'cul, alors l'ai séché. Après, j'allé par l'cimetière pour voir qu'si y était arrivé un truc b'zarre à la tombe d'Simeon, et vlà qu'suis tombé sur l'onc à Zafa, sui qu'a clamsé d'la muscovidose l'an dernier. L'ai séché aussi, pis yavait Cavatino aussi, pis m'suis dit tiens, c'serait pas

---

[13] Apocalypse 8.17.

pus con d'creuser un trou pour touslesfoutr'dans. Ouais. Mais sont coriaces, les enfoirés. »

« Ils en ont parlé l'autre soir, sur Megavisión », poursuit Jaume en ayant ressaisi une part de son sens rationnel. « Ils racontent qu'il y a un effet de gravité, à cause du tsunami, et que ça peut parfois avoir des conséquences *assez surprenantes*. Ils ont déclaré qu'en cas de problème rencontré il fallait rester chez nous, et ne surtout pas paniquer. Ça m'a fait paniquer. »

Cette plaisanterie involontaire me rappelle à nouveau ma mère, et son leitmotiv pervers : *fais attention, Viktoriya*.

Lorenzo se gratte le nez, adoptant une pose qui pourrait quasiment passer pour méditative. Derrière lui, le charnier continue de se débattre en vain.

Les deux autochtones le scrutent en tentant de deviner sa réaction. Lorenzo ne correspond pas rigoureusement à l'image classique de l'enfant prodige, mais à San Francisco Javier, qui d'autre pourrait lui disputer ce titre ?

« Ok », soupire-t-il d'un ton las. « Comment on les bute ? »

Chapitre 9
Deux miracles

Je suis une femme pragmatique. La question me taraude tout de même un petit peu. Je la pose à Lorenzo, tandis que nous arpentons les rues de San Salvador : « Qui sont ces créatures ? Des zombies ? Des êtres humains infectés par une variante de la rage, ou rendus fous par l'ivresse de la révolte ? Des soldats de Satan, comme le prétendait Jaume ? »

En guise de réponse, Lorenzo lève les sourcils, gonfle ses joues, et siffle une brève musique de flatulence ; en langage universel, cela signifie un mélange de « Je n'en ai strictement aucune idée » et « Je n'en ai strictement rien à battre. »

Lorenzo a passé une bonne partie de sa jeunesse dans ce district de San Salvador, connu pour être le parangon du crime organisé. Il y déambule d'un pas timoré ; je crois que chez un être humain normalement constitué, ce qu'il ressent se nomme la nostalgie.

Le quartier est à l'abandon : carcasses de voitures en flamme, vitrines défoncées, dépouilles immémorées. « Comme à la belle époque », ricane Lorenzo. Il flotte dans ces rues un parfum de désolation insurmontable.

Lorenzo était impatient de me faire visiter le bar du vénérable Samuel, haut lieu naguère prisé pour ses rixes au couteau presque quotidiennement garanties ; même cette institution est calcinée, silencieuse, défaite. En contemplant ce triste panorama, Lorenzo est incapable de réprimer ses émotions. Il me relate cette fameuse soirée de juillet 2020, au cours de laquelle il avait *avoiné* pas moins de quatre types des MS-13[14] à coups de tesson. Ou cette biture légendaire, deux ans plus tôt, quand Lorenzo et ce *gros goret* de Norman Duarte s'étaient réveillés au beau milieu d'une forêt de bras et de jambes tronçonnés, dont ils n'étaient jamais parvenus à identifier la provenance. *La belle époque.*

La spectaculaire avancée de l'océan Pacifique a provoqué une réaction en chaîne que personne n'a cherché à comprendre. En tout cas, les égouts de la ville ont débordé. Nous avançons donc dans un demi-mètre d'eaux insalubres et opaques, au gré desquelles nagent des rats affamés, des bouts de carton, des préservatifs usagés, des boîtes de conserve vides et quelques autres vestiges de l'éblouissante civilisation qui vient de s'éteindre. Tout cela ne me rappelle pas de bons souvenirs.

De temps en temps, des corbeaux essaient de nous attaquer. Des habitants du district nous demandent de l'aide : Lorenzo leur répond d'aller se faire *cuire le cul*, dialectique à la fois rudimentaire et explicite qui ne les invite guère à insister. À peu près toutes les cinq minutes, nous croisons un zombie, le zombie tente de nous dévorer en rugissant, et Lorenzo lui fait *péter le caisson* d'un coup de carabine à canon scié. Cette gymnastique redondante m'a vite lassé. D'autant qu'elle dure depuis des jours. Rien ne me stimule plus ; la fin du monde n'est qu'un épisode dépressif de plus.

Lorsque Lorenzo me racontait ses exactions, autrefois, je les classais dans le domaine de l'abstraction.

---

[14] *Mara Salvatrucha*, gang international comptant plus de 70 000 membres.

Maintenant qu'il exécute ses victimes sous mes yeux, cela ne me fait curieusement pas plus d'effet.

En tant que garde du corps, il n'avait jamais besoin de brutaliser qui que ce soit. Lors d'un séjour à Chypre, par exemple, il était intervenu pour calmer trois fils à papa qui avaient voulu abuser de mon ouverture d'esprit. Lorenzo était simplement rentré dans la pièce, il avait avancé jusqu'au plus fougueux du groupe, et s'était tenu face à lui, stoïque, les yeux dans les yeux. Un des deux autres fils à papa en avait profité pour essayer de lui fracasser une chaise contre le dos ; malgré la douleur, Lorenzo n'avait pas bougé d'un millimètre. Il s'était tourné vers son agresseur, puis s'était contenté de soupirer, tel un expert-comptable venant de s'apercevoir qu'une ligne manquait dans son tableau Excel.

Les fils à papa s'étaient enfuis sans plus insister. Ils s'étaient inclinés devant un obstacle irréductible ; leur déroute n'était pas motivée par une ascendance physique, mais par une évidente intuition animale. Ils se prenaient pour des gangsters. Je me prenais pour une femme d'affaires.

Avec le recul, je pourrais en conclure que le monde était rempli de gens tenant obstinément à passer pour ce qu'ils n'étaient pas. Lorenzo, lui, connaissait sa place et s'y cantonnait.

**

Peu enclin au questionnement existentiel, Lorenzo profite malgré tout de notre promenade pour se demander ce qu'il est venu chercher ici. Guadalupe a péri à la suite d'une prompte agonie. Après l'avoir enterrée, Lorenzo a enfin pu massacrer les rares rescapés qui peuplaient encore San Francisco Javier, sauf cette *petite fiotte* d'El membrillo, qui s'était déjà fait la malle. Lorenzo a par ailleurs consciencieusement carbonisé jusqu'au dernier pan de mur de ce qui restait du village.

La crémation théoriquement jubilatoire de son village natal lui a pris deux jours entiers, mine de rien, sans que la moindre sensation de plénitude ne le récompense pour autant. Porté par une amertume improbable, il m'a alors emmenée à la capitale, histoire de constater par lui-même ce qui s'y passait. De toute façon, l'aéroport est une zone de guerre, et les routes sont impraticables. « Ce pays est devenu le cul-de-sac qu'il a toujours ambitionné d'être », déclare Lorenzo, très inspiré.

Tandis que nous discutons d'un footballeur assez connu qui avait été mon client, un énième zombie fait irruption devant nous. Il éructe un cri de guerre, et nous fonce dessus. « Foncer » n'étant peut-être pas le terme le plus pertinent, car ces entités d'ordinaire peu agiles sont de surcroît freinées par l'élément liquide dans lequel elles doivent patauger. La démarche de ces créatures évoque un autre souvenir : cette chorégraphie inspirée de *Thriller* que j'avais improvisée pour l'anniversaire de Fara, il n'y a pas si longtemps.

Lorenzo ne braque pas tout de suite le canon de son arme vers l'agresseur ; envahi par un doute soudain, il préfère le dévisager. « Sainte-Marie de sa race », exulte-t-il en écarquillant les yeux, porté par une pieuse allégresse. « C'est lui. J'en suis sûr. C'est El membrillo. »

Je suis sceptique. La ressemblance n'est pas précisément frappante. En étant indulgente, eu égard à ces circonstances atténuantes, je pourrais à la rigueur admettre que la cambrure des lèvres branlantes de ce zombie est susceptible d'évoquer ce rictus que Benny ne quitte jamais. À la rigueur. Comme tant d'autres survivants de la planète Terre –à commencer par moi-même, Lorenzo confond ses divagations avec la bien moins ludique réalité.

« Tu croyais m'échapper, *puto* ? », lance-t-il en jetant sa carabine à canon scié sur le toit d'une voiture à côté de lui, puis en faisant craquer ses doigts. « Je vais te faire regretter d'être né. Ah, non : je vais te faire regretter d'être *mort*. »

Décidément, Lorenzo est en grande forme. L'apocalypse lui va comme un gant. Habituellement, il est plutôt du genre à économiser ses syllabes : lorsqu'il était à l'école primaire, l'instituteur du village, Raul Covída, avait exigé de lui qu'il lût un extrait de *Dora l'exploratrice part au ski* à voix haute devant toute la classe. Cette expérience avait déplu à Lorenzo. Nous avons retrouvé Raul Covída, désormais nonagénaire, juste après la mort de Guadalupe. Raul ne jouissait plus de toute sa vaillance. Il n'avait aucun souvenir de cette *Laura*, ni de sa *ventriloquie*.

Avant d'euthanasier Raul, Lorenzo lui a concassé les doigts avec un rouleau à pâtisserie, lentement, méticuleusement, tout en singeant la jovialité du texte maudit. J'ai trouvé ça un peu disproportionné.

Le zombie s'approche en bavant. Lorenzo bout littéralement ; sa musculature noueuse paraît prête à rompre sous la tension, ses dents grincent les unes contre les autres, et la couleur de sa peau explore un spectre de variations inédites. Je suppose qu'il hésite encore sur la méthodologie à adopter ; combinée à son enthousiasme, cette incertitude suscite en lui une sorte de congestion frénétique, tel un enfant dont le père

Noël aurait exaucé simultanément tous les vœux. Le cerveau humain n'est pas conçu pour un tel niveau de contentement.

Aidé par son savoir-faire, sa force de caractère et son ingéniosité, Lorenzo parvient à arrêter son choix : « Je vais lui faire la technique *American History X*[15] », déclare-t-il sans plus contenir sa ferveur. Je présume qu'il s'agit là d'une botte secrète exceptionnelle, réservée pour les grandes occasions ; mariages, bar-mitsva, retrouvailles miraculeuses.

En usant de clés et de prises dont il a le secret, Lorenzo contraint le zombie à placer sa mâchoire contre l'angle d'une marche d'escalier en faux marbre, comme s'il souhaitait la mordre. L'escalier mène vers une résidence pour épouses maltraitées. Ce lieu est naturellement imprégné de douleur et d'effroi ; cependant, parmi ses anciennes locataires, aucune n'a subi ce que ce zombie se prépare à endurer.

Lorenzo maîtrise le zombie d'un bras. La bête se démène, sans succès.

« Tu fais moins le malin, hein, petit pruneau... », chuchote Lorenzo avec malice.

Incapable de plus savourer la magie de l'instant, il piétine de tout son poids le crâne de sa victime, qui se disloque dans un craquement sinistre sur le faux marbre.

Le résultat me surprend. Des dents ont volé un peu partout. La semelle de la botte droite de Lorenzo est maculée de substances encéphaliques rosâtres. Sans surprise, il y a beaucoup de sang. À en juger par son faciès, on pourrait croire que le zombie vient d'effectuer un plongeon de onze étages la tête la première contre le

---

[15] Tony Kaye, 1998.

bitume ; sa mâchoire inférieure, la peau de ses joues et l'un de ses yeux pendouillent dans le vide, au gré de mouvements pendulaires asynchrones. Son nez et ses pommettes ont laissé place à des cavités dont suinte un fluide obscur, pâteux. Son front observe une incurvation concave et irrégulière. Son épiderme est couvert d'hémoglobine ou de crasse.

Je vomis. Un réflexe. Ça doit bien faire la huitième fois depuis que je suis arrivée au Salvador. Ma tête tourne.

Par la grâce de ce *relooking* radical, Lorenzo se trouve dorénavant libre de croire à son propre mensonge : ce zombie pourrait aussi bien avoir été Indira Gandhi, Jude Law ou Youssou N'Dour dans sa vie antérieure. Sans médecin-légiste à disposition, il s'avère difficile de faire la différence.

« Alors, on a perdu l'envie de sourire, petit pruneau ? », se réjouit Lorenzo.

Le zombie met un certain temps à se redresser. Une fois sur ses jambes, il bifurque sur lui-même et clopine vers Lorenzo, bras tendus, comme si l'éparpillement de la moitié de sa boîte crânienne n'avait été qu'un aimable interlude.

Ces revenants ne sont bons qu'à mordre leurs proies. Comment le présent zombie espère-t-il mordre quiconque, lui que l'on vient de priver de mâchoire ? Quelle peut être la finalité de son initiative ?

Ce paradoxe ambulant agace ostensiblement Lorenzo : une créature pourvue d'une seule et unique raison d'être, physiologiquement inapte à assouvir celle-ci, et persistant toutefois à s'y employer.

« J'y crois pas », me glisse-t-il, incrédule. « Benito Suárez veut mettre ma *patience* à l'épreuve ? »

Tout en murmurant des sermons d'encouragement adressés à sa propre personne, Lorenzo saisit à nouveau le bras gauche du zombie, qu'il cale cette fois-ci avec l'aide de son genou. Il fait faire à ce bras un tour complet sur lui-même, puis un deuxième, puis un troisième, puis encore six ou sept, jusqu'à ce que l'articulation de l'épaule correspondante cède tout à fait ; « À San Francisco, c'est comme ça qu'on s'y prend pour désosser le poulet du dimanche », m'apprend Lorenzo. Dans un souci louable de symétrie et de cohérence, il entreprend une ablation similaire sur l'autre bras du zombie, qui est dès lors manchot. Celui-ci n'en continue pas moins de se montrer hostile.

Lorenzo le renverse contre le dos, sur le capot d'une Ford Escort à la carrosserie très rouillée. Il monte sur la voiture, puis bondit à pieds joints sur la cage thoracique du zombie, une bonne dizaine de fois, une vingtaine peut-être ; il soigne son style, chandelles, vrilles, sauts carpés. « Quand j'étais mioche, je rêvais d'avoir un trampoline », me confie-t-il.

Au terme de cette étape instructive, l'épaisseur de la poitrine du zombie a été aplatie aux deux tiers. Plusieurs fragments de côtes intacts sont encore dressés là, tels des obélisques braqués vers les nuages. Les viscères dégoulinent sur la calandre de la Ford, où un couple de rats a accouru afin de se sustenter. Je n'ai plus rien à vomir.

Et le zombie en *redemande*. C'est du moins ainsi que Lorenzo interprète son attitude.

« Cravate colombienne », commente-t-il en enfonçant la langue du zombie dans son œsophage, avant de la ressortir au milieu de son cou via un trou percé à cet effet. « Binette pachtoune ! », enchaîne-t-il en retournant son ménisque droit à 180 degrés. « Praline de Shkodra ![16] », triomphe-t-il en farcissant son anus de poudre à canon, en le mettant à feu, puis en admirant les effets pyrotechniques plutôt salissants qui s'ensuivent. C'est incontestable, Lorenzo Guzmán n'a jamais été aussi heureux et épanoui.

Selon la classification de l'illustre Carl von Linné, ce zombie est désormais plus proche du steak haché que de l'être humain ; cette piètre présentation ne l'empêche pas de persévérer. La défiance se lit distinctement dans son petit bout d'œil encore valide, par le biais duquel il fixe Lorenzo avec outrecuidance.

Lorenzo se gratte la tête. Il pourrait abréger le débat d'un coup de gâchette ; ce serait synonyme de tricherie. De capitulation. El membrillo le *sait*. Mais Lorenzo est à court d'idées.

Ou pas.

« Tu veux *jouer*, c'est ça ? », demande-t-il en enjambant la carcasse du zombie. Il s'agit a priori d'une question rhétorique, car les deux pouces de Lorenzo sont déjà posés sur les yeux d'El membrillo. Ou plutôt sur ses orbites.

« Allez, je tente une *Game of thrones*[17] », annonce-t-il en fanfaronnant. Lorenzo veut conclure ces frivolités de la meilleure des manières.

Et comme à San Francisco Javier, il est interrompu alors que son ongle de pouce gauche s'enfonce à peine dans l'iris de sa victime.

---

[16] Commune albanaise située à la frontière monténégrine.
[17] Saison 4, épisode 8, « La montagne et la vipère » : à la seule force de sa poigne, Ser Gregor Clegane réduit la tête d'Oberyn Martell en marmelade de fruits rouges.

« Excuse-moi… », dis-je en lui tapotant l'épaule. « Je… Je ne vais pas pouvoir rester. Tu veux bien me rendre un dernier service ? Ramène-moi à l'aéroport, et débrouille-toi pour me trouver un avion. Je n'en peux plus. »

Je suis désolée de gâcher son plaisir à Lorenzo, mais ce spectacle atroce m'a fait sortir de la paralysie. J'ai l'impression de me réveiller, pour la première fois depuis Tuani ao, et la panique m'envahit. Qu'est-ce que je *fous* ici ? Les pieds dans la merde, par 40 à l'ombre dans un pays perdu, à regarder un fou furieux torturer un cadavre anonyme ?

Lorenzo me répond par une onomatopée. Son élan est coupé net. Le temps s'est arrêté. Quitter San Salvador ? *Trouver un avion ?* Comment puis-je suggérer de telles extravagances ?

« Je n'en peux plus », dis-je à nouveau, avec autant de conviction que possible. « S'il te plaît, Lorenzo. »

***

Il aura fallu dépenser jusqu'au dernier centime de mes économies, soudoyer un officier que connaissait Lorenzo, user d'astuces, de menaces et de séduction, mais nous avons réussi à dégoter une place sur un avion pour les États-Unis. C'est là que ma mère vit, avec son prince charmant que je n'ai jamais eu la chance de rencontrer. Je lui ai laissé un message. J'ai honte, je ne suis même pas certaine qu'elle acceptera de m'accueillir, mais je n'ai nulle part où aller.

Elle me doit bien cela. Je ne lui pardonnerai pas pour autant.

Nous attendons avec les autres passagers, dans une atmosphère incroyablement nerveuse. À l'extérieur, des centaines de personnes essaient de forcer l'entrée ; les militaires leur barrent le passage coûte que coûte. Un semblant d'ordre subsiste encore. C'est surréaliste.

Lorenzo tient à m'accompagner jusqu'à la porte de l'avion. Il veut être sûr de m'avoir mise à l'abri, d'avoir accompli sa mission. Il ne me suivra pas ; ici, il est dans son élément, un monde définitivement désœuvré dans lequel on s'entretue sans logique.

Il m'emmène jusqu'à un salon désaffecté. Lorsqu'il en brise la porte d'entrée, un soldat commence à nous admonester, et s'interrompt au milieu de sa phrase en voyant à qui il s'adresse.

« On ne va quand même pas se dire au revoir sans trinquer », m'explique Lorenzo. Nous prenons place face à un bar en contreplaqué, sur deux tabourets. Il nous sert deux verres de mezcal, m'en tend un puis siffle le sien d'un trait.

« Je déteste la téquila », dis-je.

Je siffle mon verre à mon tour. Je suis encore loin de me sentir sereine, mais je vais déjà bien mieux qu'il y a quelques heures, quand nous étions dans les rues de San Salvador.

Au sens classique du terme, Lorenzo n'est pas attirant. Néanmoins, en sa présence, je me sens en sécurité, ce qui est particulièrement appréciable dans ce contexte ravagé. Je ne suis pas certaine de pouvoir encore trouver beaucoup d'hommes capables de produire cet effet, ou de faire preuve d'une telle probité à mon égard. Lorenzo n'a jamais tenté de profiter de moi. C'est touchant.

« Tu es peut-être une *abomination*, mais je vais te dire, Lorenzo, j'ai de la chance d'être tombée sur toi. C'est très rare de rencontrer une personne sur laquelle on peut vraiment compter. »

Je me penche vers lui. Je suis à moins de dix centimètres de son visage. Je peux sentir la tiédeur de son haleine.

Lorenzo n'est pas réputé pour l'acuité de son empathie ; mon langage corporel n'est pas non plus foncièrement indéchiffrable. Il pousse une tonalité de grognement que je n'avais pas encore entendue, se lève, arrache mon chemisier, réalise que je ne porte pas de soutien-gorge, m'agrippe sans ménagement par les deux bras, me retourne contre le bar en contreplaqué, baisse mon jean et ma culotte d'un seul mouvement en faisant voler au passage deux boutons de ma braguette, écarte mes deux fesses, crache dans l'interstice ainsi accentué le peu de salive qui lui reste, sort de son bas de survêtement un chibre prêt à l'emploi, récupère un peu de salive là où il vient d'en cracher, l'étale sur son gland, me pénètre, effectue une douzaine de va-et-vient vifs, âpres et saccadés, émet un deuxième grognement en se vidant, range son chibre dans son survêtement, se rassoit, se sert un autre verre et le boit selon la même gestuelle que le précédent, à 50 secondes d'intervalle.

J'ai connu un certain nombre d'amants au cours de mon existence : j'avoue que *ça*, c'est de l'inédit. C'est comme si Bruce Banner m'était passé dessus dans sa version Hulk. J'imagine que Lorenzo n'a jamais baisé autrement.

Peu importe, après tout. Ce qui compte, c'est que nous ayons partagé autre chose que de simples paroles, avant la fin du monde. J'ai senti que ça lui avait plu.

C'est agréable de provoquer un peu de bien-être chez quelqu'un d'autre. C'est agréable de se rappeler à quoi la vie sert. Je me rhabille, je me recoiffe, je l'embrasse sur le front et je me rassois.

Nous buvons quelques verres en nous taisant. Les couloirs de l'aéroport sont eux aussi à peu près silencieux.

Lorenzo saisit la bouteille de mezcal d'une main afin de nous resservir. Il décide finalement de la boire au goulot. Je l'imite.

Ensuite, il renifle, bombe le torse, et me dit : « C'est un peu dommage, nan ? J'espère que ça ne gâchera pas notre amitié. »

Troisième partie
La loi du point final

Chapitre 10
Best of the best

Je n'ai pas de visa m'autorisant à accéder au territoire américain, et le flic de la TSA[18] ne comprend pas comment des professionnels du métier aéroportuaire ont pu être assez incompétents pour me laisser embarquer dans un avion qui partait ici. Les deux tiers des autres passagers de ce vol sont dans le même cas que moi.

On m'envoie en zone de rétention. C'est une sorte de prison temporaire située à la lisière de la partie sécurisée de l'aéroport de Chicago et du rêve américain, pour mieux narguer les petits naïfs qui se voyaient déjà laisser leurs empreintes sur Sunset Boulevard ; il est permis d'entrevoir la terre promise, mais pas de la fouler.

Nos téléphones ont été confisqués, mais une cabine est gracieusement mise à notre disposition. Je laisse un deuxième message plutôt explicite à ma mère. Il suffirait qu'elle ait changé de coordonnées pour que je finisse mes jours ici. Il suffirait qu'elle n'ait toujours pas envie de me revoir.

En temps normal, j'aurais été embarquée de gré ou de force sur le premier vol qui serait reparti vers le Salvador ; cependant, aucun vol ne repart plus vers le Salvador. Aucun vol ne repart plus nulle part.

Les formalités douanières américaines sont plus restrictives que jamais, et la zone de rétention est

---

[18] *Transportation Security Administration.*

bondée bien au-delà de son seuil de saturation. Nous sommes assis les uns sur les autres, dans une chaleur assez oppressante. Régulièrement, des passagers s'emportent, tentent de parlementer ; ils se font vite calmer.

Je trouve un coin de moquette inoccupée où m'asseoir en tailleur. Je suis les informations sur un vieux téléviseur suspendu au plafond, et c'est en cet instant exact que je l'apprends : la capitale de la Finlande, Helsinki, a été détruite par une explosion massive.

La quasi-totalité de la population de la ville a péri. Un million d'âmes ont été *effacées*. Ce génocide éclair a été revendiqué par les Brigades de l'étoile éternelle. « Voici venue l'heure du grand Verdict », a déclaré leur porte-parole dans une nouvelle vidéo, tout en tranchant l'annulaire de sa main gauche. « Vous ignorez qui nous sommes. Vous ignorez d'où nous venons. Vous ignorez ce que nous voulons. Admirez notre Libellule. »

« Vous… Vous avez vu ça ? Vous êtes au courant ? », dis-je d'une voix fébrile à mes voisins. Ils détournent leurs regards de moi, blasés.

Je tente de donner un sens à ce qu'énoncent les journalistes : la technologie utilisée par les Brigades serait expérimentale, et n'aurait émis aucune radiation… 91 ogives similaires auraient été armées et dispersées dans les 91 pays les plus riches du monde… Le *Daily Mirror* a baptisé le porte-parole des Brigades *Creepy Barney*[19], en référence à un personnage de la série télévisée *How I met your mother*, auquel il ressemblerait… Aucun service de renseignement n'est encore parvenu à identifier l'intéressé, ou à le localiser, malgré les outils de

---

[19] *Barney le craignos.*

surveillance civile, logiciels de reconnaissance faciale ou autres messages d'internautes prétendant savoir qui il est… Creepy Barney a exigé dans un nouveau message de négocier sans tarder les termes de notre *reddition*, en précisant que toute tentative d'interpellation ou de filature justifierait la mise à feu des fameuses 91 ogives… Dans toutes les métropoles, des milliers de citoyens paniqués se mobilisent pour tenter de retrouver la trace desdites bombes, sans succès… Les intellectuels s'interrogent sur la signification de la « Libellule » que les Brigades semblent aduler… ATTAC[20] pense que l'attentat d'Helsinki est un « grossier canular ultralibéral » visant à « perpétuer l'infâme idolâtrie consumériste par le chantage éculé de la peur »… Des rumeurs affirment que le chef suprême de la République Démocratique de Corée, Kim Jong-un, est gravement dépressif, car quelqu'un a osé appuyer avant lui sur le gros bouton rouge… Le Président érythréen soupçonne « Washington, Bethléem et leurs suintants suppôts » de financer en sous-main les Brigades, la ligue Arabe soupçonne l'Iran, Bogota soupçonne La Havane, Kigali soupçonne Kampala, Tokyo soupçonne Pékin, qui soupçonne Hanoï et Dehli, tandis qu'à peu près tout le monde soupçonne Moscou. Les experts estiment que cette *étincelle* terroriste pourrait enfin déclencher la tant fantasmée *Mother of all wars*[21].

« Je ne comprends plus rien à rien », dis-je sans le vouloir à voix haute.

---

[20] *Association pour la Taxation des Transactions financières et pour l'Action Citoyenne.*
[21] *Mère de toutes les guerres.*

« Bienvenue au club », me rétorque une quinquagénaire assise à quelques mètres de moi.

« Mec, ils ont bousillé le père Noël », reprend un petit Mexicain qui porte d'énormes pendentifs en faux diamants, et qui n'arrête pas d'effectuer des allers-retours en se frappant la poitrine. « Ils peuvent se gratter pour avoir un putain de cadeau sous leur sapin cette année. »

« Oui mais pourquoi Helsinki, hein ? Pourquoi ? », demande un Antillais avec un accent à couper au couteau.

« Pourquoi *pas* ? », lui répond un ivrogne que je pensais assoupi. « Tu as déjà foutu les pieds en Finlande ? »

« Leurs histoires de libellule, faut pas chercher à capter ce que ça veut dire », m'explique-t-il ensuite. « Moi, je m'y connais super bien en diplomatie. Quand un gusse raconte un truc imbitable, faut sourire, lui dire bravo et passer à autre chose. C'est comme ça que Clinton a fait avec Arafat. »

« Creepy Barney est plutôt baisable », lance une Dominicaine qui ne doit pas avoir plus de seize ans. « -Par contre, il devrait arrêter les costards en velours. Moi, ce soir, je vote pour le mieux sapé.

-Et tu vas voter comment ? Par télépathie ? », se moque le petit Mexicain. « Putain d'attardée. »

« Voter ??? »

Je ne cache pas ma surprise.

« Voter pour quoi ? »

En guise de réponse, le vieil ivrogne désigne le téléviseur. Au rythme d'une musique épileptique, des images défilent très rapidement et très illogiquement sous nos yeux : Helsinki à feu et à sang, un bébé en pleurs parmi des ruines fumantes, Creepy Barney exhibant l'un de ses doigts amputés, Tom Cruise effectuant un salto-triple axel en *slow motion*[22] pour esquiver une rafale de mitrailleuse lourde dans un film d'action quelconque, Mère Térésa, un F-35 décollant à la verticale, une grognasse siliconée en position levrette, un champ de betteraves, une mosquée, un footballeur américain brandissant un trophée, un satellite en orbite, un *flashmob*[23] réunissant 8 000 moustachus en salopette place Tahrir, le mont Fuji, le siège de l'Onu, Big Ben. Un présentateur à dentition phosphorescente apparaît à l'écran : « Creepy Barney veut négocier avec NOUS ? », harangue-t-il à gorge déployée. Seul un homme totalement au bout du rouleau peut faire preuve d'un tel degré d'euphorie. Il est filmé en gros plan. « Et bien NOUS allons choisir qui négociera avec lui ! »

TONIGHT.

DJIBOUTI.

8:00 PM.

ONLY ON *FOX*.[24]

À quoi riment ces négociations ? Pourquoi choisirait-on l'interlocuteur des Brigades via une émission de

---

[22] Ralenti.
[23] Chorégraphie collective à caractère turpide.
[24] CE SOIR. DJIBOUTI. 20 HEURES. SEULEMENT SUR *FOX*.

téléréalité, et pourquoi aucun gouvernement n'interviendrait-il ? Pourquoi Djibouti ? Pourquoi Creepy Barney passe-t-il son temps à s'automutiler ?
Faut pas chercher à capter, m'a suggéré l'ivrogne. L'ineptie est devenue la nouvelle norme.

***

Dans la zone de rétention, personne ne veut rater le *show*. En même temps, personne n'a rien d'autre à faire. Je n'ai aucune nouvelle de ma mère.

« Notre premier candidat, Mesdames et Messieurs, est originaire de Worcester, Massachusetts (*images ensoleillées de l'hôtel de ville et du parc Beaver Brook, puis de l'équipe de basket de l'université Holy Cross remportant le tournoi M.I.T*). Il a 39 ans, est marié depuis seize ans à une ancienne Miss Texas qui lui a donné deux magnifiques enfants (*Cindy Cosgrove et ses prothèses mammaires posant avec un sourire parfait devant la pelouse non moins impeccable de la résidence familiale dans les Hamptons, tenant leur fils Kendall et leur fille Amanda sous chacun de ses bras*). Major de sa promotion au sein de la mythique *Business School* de Harvard (*étudiantes en minijupes, jetant leurs mortiers traditionnels en l'air lors de la remise des diplômes*), il en était également le *quaterback*[25] titulaire, et a conduit l'équipe du campus jusqu'au titre régional lors de sa saison freshman[26] (*archives de Jim Cosgrove lançant un touchdown*[27] *de 90 yards*[28]*, souriant à la caméra au milieu d'une foule de pom-pom girls en délire, puis soulevant 175 kilos torse nu*

---

[25] Meneur de jeu au football américain.
[26] Première année.
[27] Essai.
[28] 82 mètres.

au développé couché). Il dut vite choisir entre la NFL[29] et Wall Street, et on ne peut pas dire que ses patrons au sein de Fleming & Fleming regrettent aujourd'hui sa décision (*Jim en chemise-cravate, manches retroussées devant un mur d'écrans sur lesquels défilent des chiffres en cascade, intimant des ordres d'achat au téléphone, puis tapant dans la main d'un collègue ravi de partager avec lui un usuel moment de triomphe pécuniaire*). Il parle couramment le russe, le malais, l'espagnol, l'arabe, le français, le mandarin et l'hindi : oh, trois fois rien, juste les sept langues les plus utilisées dans le monde avec l'Anglais, Mesdames et Messieurs (*Jim devisant avec un sikh un peu obèse, au pied d'un gratte-ciel quelconque*). Il n'a rien perdu de sa compétitivité, puisqu'il court trois marathons par an, qu'il est sixième dan de *mito-jitsu*, et qu'il a déjà escaladé neuf fois le K2 (*départ en fanfare du marathon de New York, puis Jim hurlant de joie au sommet d'une montagne enneigée*). Jim possède un yacht de 115 pieds[30], une villa à Saint-Barthélemy, une autre sur Ocean Drive, une BMW M9 Vintage toutes options et un jet Falcon 1400LX qu'il pilote évidemment lui-même (*Jim dans son cockpit, Ray-Bans sur les yeux, accusant réception d'un message de la tour de contrôle*). Et il n'oublie pas de partager les fruits de son incroyable *success story* : par le biais de sa fondation, il sillonne chaque année le monde pour aider les plus démunis (*Jim en blouse blanche, brushing toujours rectiligne, serrant dans ses bras un jeune indigent d'Afrique. Interview de son fils, Kendall, avouant en pleurs que Jim est son plus grand héros. Ensuite, fondu sur Jim en gros plan, qui se passe la langue sur les lèvres avant d'expliquer que la*

---

[29] *National Football League*, championnat de football américain professionnel.
[30] 35 mètres.

réussite n'est pas une finalité en elle-même). Mesdames et Messieurs, Jiiiiiiiiiiim Cooooooooosgrooove !!!!!!! »

Éclatante de beauté, l'idole trottine d'un pas svelte sur l'estrade avant de saluer le public en liesse, tandis qu'un écran géant surplombant la scène diffuse une interview de son ancien entraîneur à Harvard, Pat Saviano. « Si j'étais au bord du précipice et que je devais confier ma satanée existence à une autre personne », relate *coach* Saviano depuis sa cellule du pénitencier de Leavenworth, Kansas, où il purge une peine de 245 ans pour assaut sexuel aggravé, « Ce serait sans hésiter Jim Cosgrove. J'ai su dès le premier regard que ce foutu gosse avait de l'or dans les bras. Jim n'a tout simplement jamais appris à perdre. »

« Sur Terre, le meilleur, c'est moi », confirme posément Jim Cosgrove. « J'attends donc ce défi avec impatience. »

« YEAAAAH ! Allez Cosgrove ! U.S.A. ! U.S.A. ! », claironne un petit groupe d'Haïtiens. Ils imaginent peut-être qu'on récompensera leur patriotisme par un visa.

L'émission démarre sur les chapeaux de roue. La candidate suivante fait quelque peu retomber la ferveur collective ; elle est déjà bien connue du public. Il s'agit de Catherine Dickinson, ancienne secrétaire d'État de la Maison-Blanche. Sa présentation autrement plus sage rappelle son cursus exemplaire : maire de Sacramento à 36 ans. Sénatrice à 41. Candidate aux primaires républicaines à 50. On ne s'étend guère sur le chapitre de sa vie privée. Madame Catherine Dickinson s'avance lentement sur la scène, et professe d'une voix monocorde : « S'il vous plaît, s'il vous plaît... Gardons notre calme, je vous prie. L'heure est solennelle. Je comprends et respecte la nécessité d'organiser une telle cérémonie, mais… N'oublions pas ce que ces circonstances exigent de nous : prendre des responsabilités *cruciales*. Nous ne pouvons pas nous permettre de nous *faire plaisir*, au prétexte que tel ou tel candidat nous divertit plus qu'un autre. Je ne dénigre pas les talents particuliers de mes concurrents, mais cette mission ne peut être menée à bout que par un professionnel ; un individu rompu à la science délicate de la diplomatie, à ses subtilités et à ses lois. Lorsque j'ai obtenu du gouvernement vénézuélien qu'il privatise ses réserves énergétiques, j'y suis parvenue à force de *préparation* et de *méthode*. Il n'y a pas de place pour la fantaisie ou l'approximation. Nous n'aurons pas de seconde chance. Mesdames et Messieurs, je vous *implore* de ne pas vous tromper. »

Responsabilités cruciales ? Pas de place pour la fantaisie ? Miss Dickinson a jeté un froid. Mes voisins soupirent.

« Ils avaient pas dit que les politicards étaient interdits ? », questionne la quinquagénaire assise à quelques mètres de moi.

« Y a quoi sur les autres chaînes ? », demande un vieillard couvert de petits pansements.

Les annonceurs qui en ont parrainé l'espace publicitaire du *show* à tarifs mirobolants doivent peu goûter cette digression.

La morne parenthèse est rapidement oubliée. Ancienne actrice de charme reconvertie en nutritionniste canine, la candidate Lorena Vesela est dotée d'un physique « hallucinant », une véritable « invitation lubrique » selon les dires du présentateur aux dents suspectes. Ses 125 centimètres de tour de poitrine sont réputés naturels (mon œil) ; « Ce n'est pas facile de trouver des soutiens-gorge à ma taille », gazouille-t-elle d'un ton grivois. Ses yeux bleu délavé, son accent onctueux, le teint caramel de sa peau, ses jambes et ses cheveux interminables sont autant de « munitions » pour amadouer les terroristes. « Vous arriveriez à vous concentrer face à une interlocutrice pareille, vous ? », demande le présentateur tandis que les images de Lorena Vesela en stagiaire, collégienne ou soubrette s'engrangent dans son dos. Écarlate, luisant de concupiscence, il semble lui-même à deux doigts de saillir la renversante Hongroise en *live* télévisé. « J'ai toujours obtenu des hommes exactement ce que je voulais », assurait Lorena Vesela durant un entretien filmé l'an dernier. Au milieu d'une piscine limpide, elle était allongée sur le ventre, à même un matelas pneumatique, alors que ses deux chevilles se croisaient et se décroisaient juste au-dessus de son inénarrable postérieur.

Lorsqu'elle s'avance sur la scène, vêtue d'un fuseau Balmain au décolleté révoltant, peu d'hommes autour de moi sont aptes à retenir la pluie de louanges injurieuses qui remonte droit de leur entrejambe. Lorena Vesela expose dans un anglais chantant sa stratégie de négociation : « Moi, je veux gagner la confiance des terroristes. Je vais leur montrer que nos différences sont des atouts, et pas des obstacles. Ok, ce qu'ils ont fait à la Finlande, c'était juste *moche*. Moi, j'avais presque 5 000 *followers*[31] dans ce pays, et bon, c'est vrai qu'ils étaient un peu *spéciaux* là-bas, mais c'est pas une raison pour être aussi cruel avec eux. Bon, et après, Mandela a bien passé l'éponge à ses geôliers, ok ? Jennifer Aniston a bien passé l'éponge à Brad Pitt,

---

[31] Être humain éprouvant son engourdissement spirituel par procuration.

ok ?[32] Moi, j'irai voir Creepy Barney pour lui parler de *confiance* et de *savoir-vivre*. »

Une bonne partie de son audience ne l'écoute plus. Les plus curieux se sont sans doute rués vers des sites spécialisés afin de découvrir la filmographie colorée de leur nouvelle obsession. J'ai appris que la consultation de pages pornographiques avait quintuplé depuis l'avènement de la réalité virtuelle ; on recense des millions de cas d'internautes ayant perdu leur emploi, oublié leur progéniture ou succombé d'inanition à la suite d'immersions excessives.

Les cinq autres candidats se présentent à leur tour. Il y a un muezzin indonésien qui ambitionne de réveiller la « candeur miséricordieuse » à laquelle les terroristes ont tourné le dos ; un moniteur de stretching qui termine chacune des phrases qu'il balbutie en pointant ses deux index vers la caméra, et en la fixant d'un œil parfaitement inexpressif ; l'acteur septuagénaire Tom Cruise, donc, qui pour justifier sa présence au sein de ce panel se contente de clamer, « Hey, *come on*, je suis Tom Cruise » ; un type dont le deuxième prénom est *Conquistador* ; puis, enfin, un affairiste acerbe, grossier, exécrable.

Brandon Wang.

Nous suivons l'émission quasiment vingt-quatre heures sur vingt-quatre. Aucune douche ne fonctionne ; on se sert du lavabo des toilettes pour se laver à peu près. On nous donne des restes de plateaux-repas à manger. On nous promet que notre situation sera

---

[32] En janvier 2005, Jennifer Joanna Aniston fut *plaquée* comme une *vieille chaussette* par son confrère et époux William Bradley Pitt. En mai 2013, Pitt confia au magazine *Esquire* qu'il avait « gâché sa vie » durant ses années de mariage avec Aniston.

bientôt *régularisée* : des avions vont être affrétés pour nous renvoyer là d'où l'on vient.

Les huit candidats sont revenus de Djibouti. Suivis par un dispositif haute définition, ils prennent place dans un grand appartement du quartier de Soho, à Londres. Au fil des épisodes, ils se liguent tout d'abord contre Catherine Dickinson, jugée « chiante » et trop « boulot-boulot ». Elle est la première éliminée. Tom Cruise quitte la compétition de son propre chef le jour suivant, car les studios Paramount ont fini par céder à ses exigences salariales pour reprendre le rôle de l'agent Ethan Hunt dans le *prequel*[33] du *reboot*[34] de *Mission Impossible*.

Le troisième jour, Brandon Wang délivre un réquisitoire percutant contre Jim Cosgrove : « Avouez-le, sincèrement, à quoi vous avez pensé la première fois que vous l'avez vu ? Vous avez eu envie de lui coller un pain, non ? Personne n'aime les premiers de la classe. Les fayots. Les suce-boules. Vous vous demandez ce qui peut clocher, chez lui ? Je vais vous le dire, moi : on peut pas s'en rendre compte à la télé, mais je crois qu'il a un petit problème au niveau de la tuyauterie. Il y peut rien, le pauvre… Jim *pue de la gueule.* »

Jim Cosgrove se défend tant bien que mal contre cette accusation calomnieuse ; son sort est déjà scellé. Le brave père de famille Frederik Conquistador Engström passe à la trappe après que Brandon Wang, toujours lui, l'ait ainsi mouché pendant le petit déjeuner : « T'es qui, toi, déjà ? », en réponse au pauvre

---

[33] Suite relatant des événements antérieurs, produite à des fins purement pédagogiques.
[34] Nouvelle version d'un même scénario, produite à des fins purement artistiques.

Frederik qui n'avait fait que demander à Brandon de lui prêter son gel douche. Brandon en a alors profité pour lancer quelques boutades savamment concoctées sur la fille autiste de sa victime, qu'il surnomme « Gogolita ». L'irrésistible séquence tourne en boucles sur tous les continents.

À force de manigances et de fourberies, Brandon finit par trop attirer l'attention. Il suggère à Lorena Vesela de lui « mettre une cartouche », puisqu'elle est « là pour ça », et non sans révéler qu'il est prêt à lui signer « un chèque à sept chiffres » afin de la dédommager ; il se moque du muezzin Benbellout en lui conseillant de « porter d'autres trucs que des pyjamas blancs », et glisse dans ses plats des morceaux de chorizo avarié ; il persuade le moniteur de stretching d'apprendre par cœur les 1168 pages de *L'Encyclopédie des insectes*[35], afin d'émerveiller les terroristes par sa fine compréhension des libellules et de leur caste.

« Oui, c'est vrai, je suis ce que l'on appelle communément un *gros enculé* », concède Brandon au cours de sa causerie individuelle du début d'après-midi, en pressentant l'étau qui se resserre. Dans bien des pays, me dit-on, ses interventions sont criblées de *bips* puritains. « J'ai fait éliminer l'autre brise-burnes de Dickinson. J'ai monté les candidats les uns contre les autres. Je suis prêt à baiser *n'importe qui* pour remporter ce putain de jeu, *baby*. Et alors ? »

Un peu plus tard, tandis que Lorena Vesela vient de le qualifier de « vicelard dégoûtant », il s'adresse à la caméra la plus proche et étaie un peu plus son propos.

---

[35] *Encyclopedia of Insects, Second Edition*, Vincent H. Resh, Ring T. Cardé, Academic Press.

« Pensez à tous les *coups de pute* dont je suis capable. Pensez à tous ceux dont j'ai *ruiné la vie* sans sourciller. Vous aimeriez devoir négocier avec moi ? *Sincèrement ?* Vous voulez élire un candidat *sympa*, ou quelqu'un qui va leur *déchirer le fion*, à ces sacs à foutre ? À un moment, il faut savoir *prendre ses couilles à deux mains* pour régler ses problèmes. Laisser faire les gens qui n'ont pas froid aux yeux. Et si ça vous choque, personne ne vous force à regarder. »

Chapitre 11
Petites tracasseries

« Pensez à tous les coups de pute dont je suis capable », a dit Brandon Wang.

Coups de pute est une expression amusante ; les *putes* seraient donc promptes à fomenter des *coups*. Elles seraient de nature sournoise, déloyale, *ingrate*. Il doit s'agir d'un malentendu ; le problème, c'est que l'on a beau raconter des histoires comme la mienne des milliers de fois, nul ne les connaît pour autant.

Tu es trop jeune. Tes poches sont vides. Personne ne te viendra plus en aide. Tu commences à te prostituer car c'est l'unique moyen à ta disposition pour payer le loyer, remplir ton frigo et poursuivre tes études. Juste quelques passes, pour subvenir à tes besoins ; la condition à laquelle tu aspires suppose pourtant que la frontière entre besoins et lubies soit ténue.

On s'approprie ton intimité sans même la frôler ; lorsque l'on te pénètre, lorsque l'on te souille, tu n'es déjà plus là. Chacun de tes gestes, chacun de tes sourires se détache de toi comme s'ils restaient imperceptibles. C'est une procédure froide, clinique. Tout est calculé pour donner l'illusion de ne pas l'être.

Tu es persuadée de garder le contrôle de toi-même. Tu dictes les termes de ces *parenthèses* sans en négliger le moindre détail ; un beau matin, tu réalises que cela revient à laisser ces parenthèses dicter le moindre détail de ton existence. Ce n'est pas un hasard si tu es seule. Ce n'est pas un hasard si tu n'éprouves jamais l'envie de pardonner. En façonnant ton armure, tu as bâti ta propre prison.

Aucun outrage ne t'aura corrompue. Ton honneur est sauf. Ta défaite est consumée.

***

Plusieurs longues journées se sont encore écoulées avant que ma mère ne se présente aux douanes de l'aéroport de Chicago. Des explications répétitives et laborieuses ont été nécessaires afin de valider ma sortie ; elle a changé de nom *et* de prénom. Désormais, son patronyme officiel est Courtney Dunleavy. Une authentique femme au foyer Américaine, refaite de la tête aux pieds, couverte de crèmes auto-bronzantes et de bijoux hors de prix. Elle est moins ridée que moi. Son rêve est devenu réalité.

Nous nous observons avec défiance. Je suppose que ce moment paradoxal appelle une multitude d'émotions déchirantes ; je ne ressens que de l'épuisement.

« Je ne veux même pas savoir ce que tu as dû faire pour arriver jusqu'ici », s'indigne-t-elle dans sa langue d'adoption. Elle est sûrement ravie de me retrouver dans un tel état de délabrement. Je n'ai plus un seul vêtement propre à porter.

« Nous sommes du côté de Minneapolis », m'apprend-elle alors que nous marchons sur le parking, toujours en anglais. « Il y a un peu de route. »

Autour de nous, les quelques personnes que nous croisons n'ont pas l'air traumatisées. Je suis sur une autre planète, où rien n'aurait changé.

Chemin faisant, j'entreprends de lui raconter mon périple. « Tu te rends compte », dis-je. « -Le monde est déjà en pleine déliquescence, et maintenant, des terroristes capables de placer des bombes atomiques n'importe où ? J'ai l'impression de devenir folle.

-Tu prévois de rester longtemps ? », me répond-elle en s'entêtant à ne pas parler russe. « -Zach et moi, on est pas trop habitués à héberger des gens. Quoi qu'il en soit, ton visa est à durée déterminée, ils ont bien insisté là-dessus. Si tu ne repars pas dans le délai imparti, c'est *moi* qui serai tenue pour responsable. »

Je m'efforce de ne pas m'énerver. Cela viendra tôt ou tard ; je préfère ne pas lui accorder trop rapidement ce plaisir.

« -Je conçois qu'en vivant ici tu es plutôt préservée, *Courtney*, mais tu n'es pas plus angoissée que ça ?

-Bien sûr que si », se justifie-t-elle en portant la main sur sa poitrine, comme si ma remarque l'avait véritablement blessée. « Je *croule* sous l'angoisse. Tu veux que je te fasse la liste de tout ce que j'ai essayé pour me calmer ? Tu me prendrais pour une névrosée. En plus, tu ne connais pas la dernière ? Il y a un astéroïde qui va nous tomber dessus dans moins de deux semaines.

-Un astéroïde ? Dans deux semaines ? Tu… Tu en es certaine ? J'ai passé pas mal de temps devant la télévision, ces derniers jours. Je me suis plutôt bien tenue au courant de l'actualité.

-Zach a un ami très haut placé à la NASA. Ils se sont fait passer un savon par la Présidente en personne, parce que les Brésiliens l'ont découvert avant eux. Du coup, l'astéroïde s'appelle *Aflição*. Ça veut dire affliction en portugais. Ils vont l'annoncer d'ici deux-trois jours.

-Ah bon. Et, cet astéroïde est… Gros ? Enfin, dangereux ?

-Oui, ma chérie, il est très gros », ricane-t-elle en se moquant de moi. « L'ami de Zach nous a dit que la Terre allait éclater *comme un ballon de baudruche.* »

Je ne sais même plus comment réagir. Il vaut mieux que je n'y croie pas. Ces mots n'appartiennent pas au domaine de la réalité ; ils flottent parmi l'imaginaire collectif, au gré des stéréotypes. Leur assimilation permet d'accepter l'inacceptable.

Ma mère profite de mon silence pour répondre à des questions que je n'ai pas posées.

« Cet ami est très haut placé à la NASA, d'accord, mais ça ne veut plus dire grand-chose. Il n'y a vraiment pas de quoi se la péter. C'est un repère de bouffons et d'incompétents, crois-moi. Ils exagèrent cette histoire de météorite pour se faire mousser. Qui a encore envie d'aller travailler là-bas ? Zach gagne le double de son salaire. *Au moins* le double. »

Ce qui semble fondamental devient grotesque en un claquement de doigts ; les deux emblèmes d'une même excentricité.

« Ça ne te manque pas de parler russe, *Irina* ? », dis-je en souriant pour la première fois depuis que je suis arrivée aux États-Unis. « On entend toujours ton accent, tu sais. »

Elle grimace en fixant l'horizon. Il y a autant de sapins que de panneaux publicitaires.

« Fonds-toi dans le décor », me conseille-t-elle à voix basse. « C'est ce qui peut t'arriver de mieux, ma chérie. »

***

Et quel décor. Pas un élément qui ne soit un lieu commun. Le ciel est bleu. Le gazon de ce jardin est impeccable ; celui d'à côté également. Un festival de couleurs criardes et fictives, de façades harmonieuses sur lesquelles le temps ne cessera jamais de glisser. Ces rues sont d'une banalité vertigineuse. Ma mère est venue ici pour s'épanouir, au sein d'un environnement conçu pour la faire végéter. Tout est beau, évident, malléable, pourvu en abondance. L'absence de problématique matérielle est une fin en soi, vouant l'âme au superflu.

« Interférence !? Interférence ??? Tu te fous de ma gueule, c'est ça ? », braille Zach Dunleavy en bondissant de son fauteuil ergonomique lorsque nous arrivons dans sa villa. Il suit l'opposition entre les *Broncos* de Denver et les *Vikings* du Minnesota[36] sur son écran géant.

« Ma pupuce ! Tu as vu ce que je viens de voir ? », demande-t-il en apercevant ma mère. « Le mec est arbitre professionnel, et il appelle *ça* une interférence ? Il l'a à peine effleuré ! C'est quoi leur idée, transformer le foot en sport de gonzesse ?[37] J'ai honte pour eux. *Honte* pour eux. »

Il trottine vers nous, embrasse ma mère et se tourne dans ma direction. Il est obèse. « Hey, Viktoriya ? Ravi de faire enfin ta connaissance. Tu veux une petite bière ? »

---

[36] Équipes de football américain évoluant dans la *National Football League*.
[37] Les footballeurs américains professionnels jouissent d'une espérance de vie de plus de 20 ans inférieure à celle de leurs compatriotes masculins, principalement en raison de la récurrence de traumatismes crâniens inhérents à la pratique de ce sport. Celui-ci est donc la source d'un dilemme constant entre la volonté politiquement correcte d'en améliorer les conditions de sécurité, et la nécessité d'en préserver la brutalité substantielle.

Je lui sers la main en lui renvoyant mollement la politesse, et en refusant la bière. Je fonds dans le décor à vue d'œil.

« Je vais me faire une margarita », signale ma mère.

« Ce genre de foutaise n'arrive qu'à nous », continue Zach à son attention. « Et contre ces *chèvres* de Denver, en plus ! Non mais sérieusement… Combien d'années va-t-on encore devoir morfler avant de passer ne serait-ce qu'un tour de playoffs ?[38] C'est trop demander ? *Un petit tour de playoffs ?* Ma décision est prise. L'an prochain, je ne me réabonne pas. Oui, je sais ce que tu vas dire, tu m'as entendu prononcer la même phrase des centaines de fois, mais là, je t'assure que je n'en peux plus. On est juste *maudits*. Même les Browns[39] ont plus de chance que nous.

-Oh, toi et ton football… », lance ma mère dans un rire forcé. Zach a déjà repris le chemin de son fauteuil ergonomique.

***

Deux heures plus tard, les tourtereaux partagent un bol de céréales devant la télévision. Pour des raisons de sécurité, le match se dispute à huis clos, ce qui permet d'entendre les savoureux aphorismes que les joueurs s'adressent entre chaque jeu[40].

Je devrais dormir, mais il n'est pas encore seize heures ; « Tu pourrais quand même faire un petit

---

[38] Phase de rencontres à élimination directe de la saison de football, se concluant par le Super Bowl.
[39] Autre franchise de la *National Football League*, basée à Cleveland.
[40] Diffamations généalogiques. Promesses rectales. Analogies péniennes. Parfum d'inhibition rébarbative.

effort », a exigé ma mère. J'ai pris une douche prolongée, et mangé le plat de macaronis qu'elle m'avait préparé. Ça m'a un peu régénérée.

« Encore une grosse désillusion pour les Vikings », se réjouit un consultant de la chaîne ESPN. « *Deux premiers tours de draft*[41] pour Telfair ? *Dix-sept millions de dollars* garantis par saison ? Quand on investit autant pour sa ligne offensive, on ne peut pas se permettre de concéder huit sacks[42] par match. Ces types sont cramés. Finis. Bons à jeter aux chiottes. »

« Femmelette de Telfair ! », s'insurge Zach en manquant de s'étouffer. Il déglutit une cuillère de céréales. « -Je savais que ce môme était une feignasse. Je le savais ! *Tout le monde* le savait ! Pourquoi ? Pourquoi ?

-Ça ne vaut pas le coup de t'emporter », intervient ma mère en se resservant une margarita.

« Ce guignol s'en *lave les mains*, c'est tout », persévère Zach en s'exprimant encore un peu plus fort. » -Il ne pourrait pas bloquer sa grand-mère si elle essayait de le passer avec un déambulateur ! Excuse-moi, Viktoriya, mais ça me fout hors de moi… Ma pupuce, tu peux me dire pourquoi un mec qui est payé *rubis sur l'ongle* s'en lave les mains, alors que moi, à l'inverse, je *raque* pour le regarder se rétamer à longueur de match ? Lui, il est content, il se fend la poire, *ah ah ah*, et moi, chacune de ses erreurs me rend malade ! *Physiquement* malade ! Il n'y aurait pas un truc qui cloche, non ?

-J'ai raconté l'histoire de Larry à Viktoriya. Tu sais, pour l'astéroïde.

---

[41] Cérémonie lors de laquelle les franchises recrutent les unes après les autres de nouveaux joueurs.
[42] Plaquage du *quaterback*.

-Le problème, c'est que ce sport évolue en permanence. Et les autres abrutis, à Minneapolis, ils ont toujours un train de retard. Plus personne ne construit son attaque autour de la course ! Plus personne ! Quelle bande de blaireaux... »

Il engloutit quelques cuillérées de céréales. Un sillon de lait assombri par le miel coule depuis la commissure droite de ses lèvres. Ma mère réalise que je m'attarde sur ce détail criant, et me fusille du regard.

« Mmmm... C'est pas tout », parvient à articuler son prince charmant. « L'astéroïde, c'est rien. Maintenant, il y a une *épidémie*. »

Ma mère hoche la tête. Elle ignore de quoi il parle, mais elle ne veut pas me le montrer.

« L'épidémie de conjonctivite ? », dis-je à Zach. « Oui, j'ai lu des articles sur le sujet quand j'étais à Barcelone. Ce n'est pas un peu... Bidon ? J'ai été témoin de problèmes plus concrets ; l'île sur laquelle je vivais en Polynésie a été submergée par l'océan. J'arrive du Salvador, et là-bas, les villes ont été désertées de tous leurs habitants. Il ne reste que des zombies. Les gens ont faim. Ils se révoltent. Les machines aussi. La guerre est imminente. Il y a des séismes, des éruptions, et en plus de tout ça, des terroristes qui veulent nous... »

Ma mère soupire en levant les yeux au ciel. C'est sa façon de dire : « Mais *oui*, Viktoriya, tu es la plus intelligente, tu as tout vu et tout compris avant les autres. »

J'ai déjà envie de repartir. Ces deux porcs sont en vie. Moeanu et Fara sont morts.

« Pas juste une conjonctivite », reprend Zach en s'esclaffant. « -Une conjonctivite *virale*. Mon pote Elvin l'a chopé, vous auriez vu sa tronche l'autre jour... Une calzone avec dix fois trop de mozzarella. *Oh, c'est rien... Un petit coup de collyre, et ça sera réglé*, qu'il me disait au début. Le lendemain, je l'ai retrouvé planqué dans un coin de sa chambre, en position fœtale, tout tremblant et défiguré, avec une demi-livre de croûtes fluo sous chaque œil. Il n'arrivait même plus à jacter. Ça le grattait tellement qu'il est devenu cinglé. *Maman… Maman…*, qu'il gémissait. Ils ont dit qu'il y avait plusieurs millions d'infectés, rien que dans la…

-Excusez-moi de poser cette question, mais… Est-ce que vous réalisez vraiment ce qui est en train de se passer ? »

Il avale sa salive, remue son triple menton, se cale dans son fauteuil. Celui-ci grince sous son poids. J'ai vexé mon hôte.

« Ce que je réalise », clame-t-il en perdant son souffle, « C'est que nous sommes ici aux *États-Unis d'Amérique*. Le reste du monde se pète la gueule ? Amen. *Nous*, nous sommes plus forts que ça. »

Dans son dos, ma mère acquiesce. Je ne crois pas à cette histoire de conjonctivite non plus.

Zach Dunleavy zappe parmi les centaines de chaînes de son système de divertissement. Il semble pourvu d'une disposition neuronale sensationnelle, qui lui permet de déterminer l'intérêt d'un programme télévisé en une ou deux secondes, dès que les premières images toquent à la porte de son lobe frontal. On pourrait même supposer que son œil commande directement son pouce droit, sans s'encombrer de considérations cérébrales. Peut-être s'agit-il d'une évolution darwinienne pertinente ?

Les images qui se superposent sur cet écran démesuré sont des interpellations assourdissantes :

partout, on quémande notre attention, notre porte-monnaie, le peu de discernement qui subsisterait en nous. Serments, propagandes et confessions s'empilent sans harmonie.

« Y a de la flotte de partout », constate un reporter en direct de New York, où la rivière Hudson a avancé de deux pâtés de maisons sur le littoral ouest de Manhattan.

« Non ! Seigneur, pas comme ça, Cecil ! », s'exclame un présentateur tentant de dissuader des manifestants de molester son invité à coups de marteau.

« Je ne suis pas sûre d'être prête », chuchote une lycéenne en mordillant sa lèvre inférieure.

« Ce petit galopin est l'avenir du four micro-ondes, il fait partie de la famille maintenant », affirme une vendeuse de téléachat à la voix vacillante.

« Moi de la chatte j'en fourre à gogo, toi tu t'astiques ou tu deviens travelo », rime un rappeur unijambiste cerné par un cheptel de garces dégoulinantes.

« Bah ouais ! On leur défonce tous la gueule ! Tous ! Tous ! », propose l'intervenant d'un débat houleux.

Je me décompose encore un peu plus face au tumulte.

« J'en reviens pas qu'ils aient sifflé interférence », se lamente Zach après avoir sensiblement baissé le volume sonore. « Les efforts d'une saison entière, balayés en un coup de sifflet. On ne s'en remettra jamais. »

Tandis qu'il me fixe en escomptant peut-être un encouragement, l'image se fige tout à coup sur son écran. Plus aucun bruit n'émane du téléviseur, un faible Larsen mis à part. Le grand sceau des *États-Unis d'Amérique* apparaît en haut de l'écran : le pygargue à tête blanche, le rameau d'olivier, les treize flèches, E pluribus unum[43], *tout le tintouin*. Un texte titré « DEFCON 1[44] » défile en dessous, exigeant de certains citoyens du pays une série exhaustive de mesures de précaution ; « Les résidents des agglomérations de Pittsburgh, Cincinnati, Las Vegas, Detroit, Charlotte, Oklahoma City, Baton Rouge, Houston, Denver, Salt Lake City, Atlanta et Jacksonville sont invités à ne quitter leur domicile sous aucun prétexte, et ce jusqu'à nouvel ordre (…) si l'un de vos proches présente l'un des symptômes suivants (…) enjoignez-le à s'installer pour son bien et le vôtre dans une pièce isolée, fermez-en la porte à clé et ne l'ouvrez en aucun cas (…) débranchez tous vos appareils électriques dès la fin de ce message, et évacuez sans exception l'ensemble de vos animaux domestiques (…) les résidents de régions côtières sont invités à attendre des instructions plus spécifiques qui feront l'objet de… »

La Présidente des États-Unis prend la parole avant que je n'ai terminé ma lecture. Elle est debout devant la fenêtre de son bureau ovale.

« Mes chers compatriotes, j'ai malheureusement de tristes nouvelles à vous annoncer. Ce matin, notre équipe de prospection astronomique opérant à la NASA a découvert l'existence d'un astéroïde dont la trajectoire coïncide avec les coordonnées de la planète Terre. Le nom de cette terrible menace contre notre mode de vie est *Aflição*. Aflição mesure un peu moins de sept kilomètres de diamètre, pèse quatre millions de tonnes, et fonce vers le système solaire à une vitesse de quatre cent soixante-dix mille kilomètres-heure environ. Selon les simulations de nos meilleurs spécialistes, l'impact est

---

[43] *De plusieurs, un.*
[44] Niveau d'alerte maximum des forces armées américaines.

à prévoir pour le 2 juin, a priori dans la baie de Baffin[45]. La collision d'Aflição avec la croûte terrestre va générer une onde de choc de plusieurs dizaines de milliers de mégatonnes, capable de faire imploser la planète, ou au mieux d'éradiquer de façon irrévocable toute forme d'activité biologique sur sa surface. »

« Ah ! Qu'est-ce que je vous disais ! », jubile Zach.

Il vient de jaillir de son fauteuil. La peau de son front a pris un tour grenat. Incapable de maîtriser son humeur, il gesticule en tous sens, invoquant des amendements divers et variés de la constitution, comme le veut la coutume nationale des extrêmes circonstances.

« Tes artères, mon Zakounet », s'alarme ma mère. « Tu devrais te calmer un peu. »

« Toutes les civilisations passent par des phases délicates », rappelle la Présidente, « ... Et c'est justement dans leur capacité à dépasser ces *petites tracasseries* que l'on reconnaît leur grandeur. Ne nous laissons pas abattre. Nos meilleurs spécialistes travaillent à une solution pour détourner Aflição de sa trajectoire. Leur projet va faire l'objet d'une vaste coopération internationale entre scientifiques de tous les pays, à mon initiative. C'est peut-être l'opportunité qui nous permettra d'éviter la guerre. Je vous implore de prier en ce sens, et de ne pas céder à la panique. Que Dieu bénisse l'Amérique. »

Zach est parti se resservir un bol de céréales dans la cuisine adjacente. Ma mère feuillette un magazine people en sirotant son énième verre de margarita. *La peur est un choix ?* Carrément.

« D'accord. Ok. Bon, je crois que c'est clair », commente un présentateur extatique en épilogue à

---

[45] Golfe de la zone arctique.

l'intervention présidentielle. « Il y a quelqu'un ou quelque chose, quelque part, qui a décidé de nous la mettre une bonne fois pour toutes. »

« Ouais », renchérit l'un de ses acolytes. « On ne va pas se mentir, ça commence à sentir *sérieusement* le sapin. »

« Vous n'avez qu'à me rejoindre ! », propose l'oligarque Jeff Bezos en postant une photo de lui se prélassant dans une chaise longue, en bonne compagnie sur le pont de sa station interstellaire personnelle. « J'ai tout ce qu'il faut ici. Venez ! Il vous suffit juste de trouver une navette spatiale, d'apprendre à la piloter et de penser à faire le plein. LOL. »

Ma mère fredonne un air insipide, toujours plongée dans son magazine. Elle me sourit.

Chapitre 12
All in

Je ne suis pas à ma place ici. Je ne suis à ma place nulle part. Et si je reprenais contact avec mon ancien client français ? Je suis sûre qu'il…

Je m'envoie cinq ou six gifles.

Je pousse un hurlement.

Je refuse de me renier. J'énonce des arguments irrécusables. Ils sonnent tous creux.

Je pousse un autre hurlement.

Et en attendant l'issue de ce combat pour la dignité, je regarde la télévision dans la chambre d'amis. Je pourrais aussi bien la regarder avec Zach et ma mère, mais je ne supporte plus leur zapping convulsif. Dans la rue, sous ma fenêtre, des sirènes de police vont et viennent.

Aujourd'hui a lieu la négociation entre les Brigades de l'étoile éternelle et l'émissaire du monde libre, Brandon Wang. J'ai suivi cette histoire depuis son origine ; je tiens à savoir comment elle va se terminer.

D'après le reportage qui nous permet de suivre les coulisses du *show*, le protocole des Brigades est encore plus absurde que ce que les rumeurs laissaient présager : la discussion doit avoir lieu dans une pièce close, privée de lumière naturelle. Il est interdit à Brandon Wang de *respirer de façon ostentatoire*, de se gratter la tête, de fumer, et de porter des chaussettes assorties. Les terroristes ne s'exprimeront par ailleurs qu'en Esperanto[46].

Brandon Wang, lui, a annoncé qu'il se rendrait à la négociation avec « sa quéquette et son couteau », à savoir sans tablette, sans support visuel, sans même un ordinateur portable. De nombreuses voix honnissent son irresponsable nonchalance : « Pour une grosse réunion comme celle-là, faut toujours avoir de quoi noter », estime par exemple l'ancien président syrien Bachar el-Assad. « Au moins un cahier et un Bic, quoi. Sinon ça fait pas sérieux. » Quant à l'essayiste Shlomo Sand, il qualifie Brandon de « rustaud à la limite de l'infirmité psychiatrique. »

Brandon n'a pas divulgué trop de détails sur sa stratégie, assemblage de préceptes abscons auquel il se réfère sous l'appellation de *Brandon mode*. Avant tout parce qu'il s'agit de son gagne-pain, *baby*, mais aussi parce que son approche pourrait selon lui rencontrer l'incompréhension des téléspectateurs. Téléspectateurs dont je fais partie, ne l'oublions pas. Je me complais bien plus que je ne l'aurais souhaité dans ce rôle de témoin impuissant.

***

Le *show* est de retour à Djibouti. Il fait beau. Le générique est fort stimulant, un tube de la superstar Yupi Yop résonne à tue-tête, ses paroles entêtantes *Here we go ! Let's go, let's go. Here we go ! Let's go, let's go.*[47] entrecoupées de déclarations tonitruantes de Brandon Wang : « Je vais leur percer un deuxième trou de

---

[46] Langue universelle créée en 1887.
[47] *On y va ! C'est parti, c'est parti. On y va ! C'est parti, c'est parti.*

balle »… « Ne matez pas l'émission si vous êtes du genre chochotte, ça va être une pure boucherie »… « J'espère pour eux qu'ils ont prévu un gros stock de Vaseline »…

Les festivités sont entamées par la lecture de trois questions posées par le public. Celles-ci ont été posées au préalable à Creepy Barney. Elles proviennent d'une sélection effectuée parmi des dizaines de millions de sollicitations. Le présentateur aux dents luminescentes les rappelle avec grandiloquence :

-Question 1 : « Croyez-vous en Dieu ? » (Prix de la question la plus fréquemment posée)

-Question 2 : « Est-ce qu'on va mourir ? » (Prix de la question jeunesse, posée par Linda Kersey, trois ans et deux mois, hospitalisée à l'hôpital Rady Children's de San Diego pour un lymphome incurable)[48].

-Question 3 : « J'aime ton style, *Barney boy*. » (Question tirée au sort, posée par Patrick_the-S@52, Guinée-Bissau)[49]

Le présentateur accumule quelques banalités dont il sait son auditoire friand, avant d'ouvrir l'enveloppe qu'on lui a remise, celle qui contient les réponses de Creepy Barney. À la demande des Brigades, nul n'a encore eu la chance de découvrir son contenu.

« Mesdames et Messieurs, avant le moment tant attendu, j'ai l'immense honneur de vous dévoiler les réponses à *vos* trois questions. Ces réponses vous sont

---

[48] Différents clichés du sourire incoercible de Linda défilent à l'écran.

[49] Cette fois-ci, c'est une image de l'acteur Patrick Swayze dans *Road House* (Rowdy Herrington, 1989) qui s'affiche, torse glabre et nuque longue au vent. Swayze est pourtant décédé en 2009 ; qui est le *couillon* qui a laissé passer cette coquille ?

apportées par la gamme des immerseurs HD CAPTIVA de Samsung, *Dream Large, Dream Fast*®[50]. »

Il laisse passer une légère grimace de douleur, comme s'il s'était soudainement souvenu qu'il était seul au monde.

« Mesdames et Messieurs, en réponse à la question 1, "Croyez-vous en Dieu ?", Creepy Barney a répondu : "Mais oui, bien sûr que je crois en Dieu. Dieu existe." Euh… Voilà. Voilà. Creepy Barney a aussi ajouté : "D'ailleurs, il vous passe le bonjour." Et… Et voilà. »

Le calme qui règne autour du présentateur est cauchemardesque.

« Euh… Et maintenant, Mesdames et Messieurs, la réponse à la question 2, celle de la petite Linda, allez, on peut le dire, elle est un peu devenue notre mascotte, Linda, donc, trois ans et deux mois, et déjà, un exemple à suivre pour nous tous… "Est-ce qu'on va mourir ?", oui, oui, Mesdames et Messieurs, pardonnez mon émotion, c'est bien sa question… On pense très fort à toi et tes parents, Linda. *Très* très fort. Et donc, euh… La réponse de Creepy Barney, est, euh… C'est… Bon, euh, voilà : "Il t'a fallu trois ans et deux mois pour comprendre ça ?" »

Je suppose que l'équipe de production fait de grands signes au présentateur, qui est aveuglé par la terreur ; les aléas du direct. Il est sauvé par le gong.

« Mesdames et Messieurs… », reprend le présentateur en posant un index sur son oreillette. « Oui, c'est bien cela, on me signale que la délégation terroriste s'est posée il y a quelques minutes… La réponse à la question 3 attendra, je ne suis pas sûr qu'elle puisse être, euh, *retranscrite* à l'antenne, et nous

---

[50] *Rêvez grand, rêvez vite.*

pourrons… Ah, ça y est, les voici, les voilà, Creeeeeeeepy Baaaaarney et ses, euh, acolytes !? »

Outre la star incontestée, la délégation compte son garde du corps, toujours patibulaire dans son déguisement Judge Dredd[51], et un autre confrère très grand et maigre, vêtu d'un simple slip de bain. Ce dernier remet un paquet-cadeau vert à Brandon Wang.

Brandon Wang ouvre le paquet, pour y trouver un index tranché. Brandon lève les yeux vers les trois terroristes qui guettent sa réaction, et réalise que Creepy Barney porte un nouveau bandage à la main droite. Il n'a plus que sept doigts.

Les trois terroristes sourient de concert à Brandon Wang.

Brandon Wang observe le doigt sectionné d'un œil dédaigneux. Ensuite, il le jette dans un coin de la pièce, derrière son épaule, comme s'il s'agissait d'un vieux mouchoir qu'il venait de retrouver au fond de sa poche.

« Messieurs, ou, euh… Oui ? », commence le présentateur, turgescent, violacé, au bord de la syncope. « -Enfin, chers, euh, visiteurs, au nom du peuple libre de la planète Terre…

-Ferme ton claque-merde ! », le coupe Brandon Wang en lui sautant dessus. Profitant de l'effet de surprise, Brandon lui envoie un généreux coup de genou intime, agrippe le col de sa chemise, et l'envoie dehors en usant de sa chaise comme arme de dissuasion.

Dorénavant seul avec les trois terroristes, il se rassied sur son siège, renifle de toutes ses forces, pose ses pieds sur la table devant lui en découvrant deux chaussettes

---

[51] Voir note 7.

appareillées, s'allume une cigarette, crache un épais nuage de fumée et dit : « Alors ? »

La décoration de la salle est neutre, sans couleur vive, sans motif, sans perspective. Tous les objets qui s'y trouvent sont fonctionnels.

Imperturbable, Creepy Barney entame son discours d'introduction. Comme prévu, il s'exprime en Esperanto, langue qui n'est plus parlée que par quelques centaines de personnes dans le monde. Son discours est traduit par une technologie de pointe, retranscrit en sous-titres pour les téléspectateurs, sur un prompteur pour Brandon Wang.

« -Prosterne-toi, mécréant, car la Suprême Libellule est parmi nous ! Nombreux sont ceux qui ont essayé de nous résister, nombreux sont ceux qui ont mordu la poussière ! Votre petite planète est une immondice galactique, un étron malencontreusement lâché sur notre sentier ! Vous êtes de loin la race la plus dépravée, la plus insuffisante, la plus abjecte que nous ayons jamais…

-Merci pour Helsinki, *baby* ! », clame Brandon en ayant pris soin d'interrompre le laïus de Creepy Barney au moment le plus inconvenant.

Un texte rose bonbon clignote alors à l'écran :

BRANDON MODE !

Une négociation, c'est la mise en application d'un rapport de force. Non pas tel qu'il *existe* réellement, mais tel qu'il est *perçu* par les deux parties. Si cette perception ne vous est pas favorable, rectifiez-la. C'est ce qu'on appelle le *bluff*, pauvres crétins.

« C'est vrai, quoi », poursuit Brandon sans cacher sa satisfaction, car Creepy Barney est demeuré immobile. « Sincèrement, je vais vous faire une confidence : personne leur fait trop confiance, aux Finlandais. Leur pays, c'est un peu ce paquet de vieux tee-shirts qu'on garde dans notre placard, sans jamais les porter. L'autre jour, vous êtes venus faire le tri dans le placard, vous avez jeté un vieux tee-shirt, *hop là*, et puis on s'est dit *bah c'est vrai, en fait il servait à rien ce tee-shirt*. Et maintenant, le placard est mieux rangé. Donc vraiment, merci d'avoir réglé le problème. Qu'est-ce qu'on peut faire pour vous en échange ? »

BRANDON MODE !

Ne *jamais* réclamer. Vous êtes celui qui accorde des faveurs, pas celui qui les quémande. Vous préférez faire Michael Corleone, ou Fredo ?[52]

« Annihilation », répond Creepy Barney.
« *Ça*, c'est mon genre de négo », affirme Brandon. D'une habile chiquenaude, il envoie son mégot de cigarette vers le terroriste en slip de bain. Le mégot vient rebondir contre sa joue gauche ; le terroriste n'a pas amorcé le moindre mouvement d'esquive.

BRANDON MODE !

Votre adversaire se chie dessus. Il ne sait pas comment s'y prendre. Sinon, il ne serait pas planté là, sur son siège merdique, dans cette salle merdique, pendant cette réunion merdique, à tirer une tronche de quiche faisandée. Alors ne perdez pas trop de temps à écouter ce qu'il dit, et éclaircissez-lui l'esprit.

---

[52] *Le parrain, deuxième partie*, Francis Ford Coppola, 1973.

« Oui, vous avez raison, faut pas s'arrêter à la Finlande », s'amuse Brandon. « On a un gros, gros problème de surpopulation. Donc voilà, si ça vous branche de niquer encore deux-trois pays, moi je dis, *pourquoi pas*. Faut pas se raconter de salades, sur cette putain de planète, il y a plus de boulets que de locomotives… Entre nous, à part les USA, Hong Kong, à la rigueur le Japon ou Dubaï (c'est là que ça se passe, *baby !*), la Chine (ils fabriquent un tas de machins cools quand même), et la Thaïlande (histoire de se dégorger le poireau de temps en temps), pour le reste, sincèrement, la discussion est ouverte. Allez, faites-vous plaisir, vous voulez cramer qui ? Le Canada ? La Turquie ? Pourquoi pas toute l'Afrique ?

-Annihilation », répète immédiatement Creepy Barney.

« Par *annihilation*, vous entendez *quoi* au juste ? », rebondit Brandon.

BRANDON MODE !
Identifiez dès que possible la *Motivation Véritable* de votre adversaire. S'il n'en a pas, aidez-le à en trouver une.

« Annihilation », rétorque encore une fois Creepy Barney.

Brandon donne une grande baffe à son prompteur, en s'interrogeant sur son efficacité.

« Bon, ok, arrêtons de nous renifler le cul », ose l'exécrable esthète en faisant un clin d'œil au garde du corps déguisé en Judge Dredd. « Vous voulez quoi ? De la miche ? De la blanche ? Du bon vieux bifton bien crade ? »

BRANDON MODE !

Débrouillez-vous pour *toujours* placer cette question au cours de la négociation. Si vous ne tentez pas le coup, vous serez à jamais hanté par le regret.

« Annihilation », grommèle inlassablement Creepy Barney.

Judge Dredd n'a pas ôté son casque pour rendre son clin d'œil à Brandon.

« Juste pour savoir… Vous prévoyez quoi pour Hong Kong ? », demande Brandon. « Non, parce que je viens d'acheter un appart là-bas, moi… Une grosse bombe pour tout niquer d'un coup, ou plusieurs petites ogives, ambiance une par quartier ? C'est vrai, hein, pour Helsinki, sincèrement, vous avez super bien respecté les limites. Ça a pas trop débordé sur les villes à côté. »

BRANDON MODE !

La négociation vous échappe ? Gagnez du temps en posant des questions nazes. Passez un peu de pommade à votre adversaire et essayez de briser la glace ; ça ne mange pas de pain.

« -J'ai rencontré un gars de chez vous, il y a pas longtemps. *Hakeem Lopez*. Chic type. Non ? Ça vous dit rien ? Vous êtes le taulier… Enfin, le… Manager… Des Brigades depuis longtemps, là ? C'est quoi, votre vrai blaze, d'ailleurs ? Moi, c'est Brandon. Vous avez des gamins ? Des photos d'eux sur vous, ou… ?

-Annihilation », s'entête Creepy Barney.

« Très bien », s'emporte Brandon en remballant ses effets. « Vous êtes sympas, hein, mais j'ai pas non plus que ça à foutre. Je me suis fait chier une semaine dans leur jeu de polios, à me faire filmer même quand j'allais caguer, et maintenant je suis bloqué chez les bamboulas, une chaleur à crever, pas un rade correct à l'horizon, tout ça pour me farcir un âne bâté qui bave le même refrain vingt-quatre sur vingt-quatre. Ok, vous voulez nous *a-ni-ni-ler*. Génial. Et après ? C'est quoi, ce concept à deux balles ? Allez, je vous lâche un scoop : il y a une météorite super balèze qui va pas tarder à nous arriver *droit dans l'oignon*. Il y a une armée de macchabées qui veut nous envahir, la moitié de la planète qui vire en mode plancton, et plus un radis à se foutre sous la dent. Alors sincèrement, vos histoires d'annihilation, pour ce que ça change… On négocie *quoi*, là ? »

BRANDON MODE !
Si votre adversaire vous prend pour un con, rafraîchissez-lui la mémoire et expliquez-lui *qui* tient le manche.

Je m'attendais à un désastre ; le résultat dépasse mes pires craintes. Comment avons-nous pu tomber si bas ? La civilisation qui a créé la pyramide de Khéops, les Quatre Saisons et la théorie de la relativité propose donc ce spectacle déplorable en guise de testament. Rien n'est plus surréaliste que cette réalité.

Creepy Barney se tourne vers son copain en slip de bain ; le modérateur de la bande, apparemment. Celui-ci s'agite en un laborieux brouhaha, une sorte d'expectoration, et nous recevons la traduction suivante :

« Oui, et bien, certes, certes, voilà : c'est un peu compliqué, mais disons que nous sommes ici pour représenter des intérêts *considérablement* supérieurs à ceux de votre espèce. Nous nous excusons pour Helsinki, mais d'après nos études comportementales, aucune discussion sérieuse n'est possible avec un être humain sans avoir préalablement établi un rapport de force explicite. Nous sommes également désolés que les épreuves auxquelles vous venez de faire allusion vous aient importuné ; là encore, nos études comportementales ont indiqué qu'il s'agissait pour vous et vos congénères d'une tradition presque sacrée pour sélectionner vos champions. Certes, certes, venons-en au fait : en termes d'évolution intellectuelle, la performance collective de votre société est *consternante*. Vous êtes un *échec patent*. Nous souhaitons donc aider votre espèce à renaître sur des bases *nouvelles* ; nous souhaitons son *élévation*. Pour ce faire, sachant que la plupart d'entre vous sont des *causes perdues*, nous avons deux options : celle que mon très estimé condisciple vous a exposée avec talent, qui compliquerait un petit peu notre projet, consistant à vous exterminer, en épargnant uniquement 100 000 de vos spécimens sélectionnés selon des critères distinctifs. La deuxième option, que je trouve moins vulgaire pour ma part, consiste à laisser votre monde en paix, à la condition que vous nous livriez les mêmes 100 000 spécimens, disons pour demain, 16 heures. Quoi qu'il en soit, nous éduquerons ces individus pour planter les graines d'une ère de progrès, conforme à ce que vous auriez dû devenir. Parmi eux, certains ne seront pas nécessairement d'accord pour nous suivre et laisser leurs familles de côté —selon nos études comportementales, les jeunes enfants risquent d'être réticents. Je suis sûr que vous saurez gérer ce problème. Voilà. Nous allons vous remettre la liste des 100 000 spécimens, vous nous les livrez ici, demain, 16 heures, et tout ira bien. Vous êtes partant ? »

BRANDON MODE !
Money time[53], *baby*. La Motivation Véritable de votre adversaire est identifiée ; les faces de poulpe sont tombés dans le panneau comme des bleu-bites. Prends ça, Creepy Barney ! Tu la sens bien, ma libellule ?

« C'est bien ce que je disais », assène Brandon. « Vous êtes des *putains de tordus*. Alors comme ça, on veut palper de la viande fraîche avant le grand Verdict ? Laissez-moi deviner, vos *critères distinctifs*, c'est quoi ? Blonde, 24 ans maximum, 95-60-90 ? Ce que vous voulez, c'est une escouade de fieffées salopes pour vous tirer sur le haricot jusqu'à plus soif, hein ? Et puis des jeunes enfants, non, là, les mecs, vous déconnez... Je vais vous dire ce qui le compliquerait un peu, votre projet : vous êtes peut-être bien perchés, mais vous créchez sur la même planète que nous, bande de taches ! Si vous nous marbrez le biniou, vous allez y passer aussi ! Oh, vous n'y aviez pas pensé ? Dommage, *baby*, dommage. Alors écoutez-moi bien. Les seuls qui sont partants ici, c'est vous. Demain, à 16 heures, vous allez prendre votre petit avion, brancher votre petit GPS, retourner gentiment jusqu'au *tas de fiente* qui vous sert de terre d'accueil, et attendre Aflição comme tout le monde. Capisce ? »

Judge Dredd exécute une sorte de coup de boule plongeant ; sous l'impact, la table se brise en une centaine de morceaux épars. Ensuite, il se rue cinq ou

---

[53] Expression américaine désignant la période décisive d'une rencontre sportive.

six fois de suite contre le mur le plus proche, qu'il heurte avec tant d'allégresse que le bâtiment tout entier paraît s'ébranler. A priori, ce terroriste est plutôt contrarié.

« ANNIHILATION ! », vocifère Creepy Barney à tue-tête. « ANNIHILATION ! »

Le maigrichon en slip de bain parvient à calmer ses véhéments collègues.

« Je ne suis pas tout à fait sûr que vous ayez bien compris la situation », insiste-t-il à l'attention de Brandon Wang. « Si vous ne nous livrez pas les 100 000 spécimens à 16 heures demain, nous vous annihilerons tous, à l'exception de ces 100 000 spécimens. Certes, certes, ça sera un petit peu plus compliqué, mais nous savons comment procéder pour y parvenir. Notre technologie le permet. Comme je viens de le dire, nous représentons des intérêts qui vous dépassent ; il vous est *formellement impossible* de les assimiler. Nous ne craignons pas celle que vous nommez *affliction*, et que nous nommons *étoile éternelle*. Nous ne voulons pas *palper de la viande fraîche*, nous voulons donner une seconde chance à votre espèce. Nous ne tenons pas à annihiler les quelques milliards de spécimens non sélectionnés, dont vous faites partie, puisque vous n'avez *aucune* valeur à nos yeux ; pour ce que vous faites de vos existences… Le compromis que nous vous proposons vous permettra de rester en vie, si vous y tenez, tout en rendant enfin possible le rêve de la brillance humaniste. »

BRANDON MODE !

Et voilà. *All in*[54]. La victoire est à vous. Ou alors, vous vous êtes complètement troué. Oups. Peu importe ; vous ne pouvez plus faire machine arrière. Sauf si vous tenez particulièrement à passer pour un poltron. Un eunuque. Un *détritus*. Non ? Alors allons-y. Achevez votre adversaire avec style, en titillant si possible les animosités personnelles.

« Assez parlé », soupire Brandon en se levant. « Moi, je me casse. Si jamais vous vouliez *vraiment* négocier avec moi, un jour », dit-il en s'adressant au maigrichon en slip de bain, « Préparez-vous un peu mieux, et évitez de me faire gaspiller une demi-heure avec des sous-fifres. »

Brandon lui jette avec désinvolture l'une de ses cartes de visite, et passe la porte en sifflotant. Judge Dredd et Creepy Barney détruisent la salle de conférence en poussant des beuglements rageurs. La délégation des Brigades s'éclipse peu de temps après.

Et si ces *terroristes* disaient la vérité ? Je suis trop fatiguée pour y croire.

Une fois à l'extérieur, Brandon est encerclé par un essaim de micros, de caméras et d'interpellations désespérées. Il est un héros couvert de gloire, un surhomme, un dieu vivant. « Alors ? Alors ? », glapissent les journalistes d'une même voix implorante.

Parmi le troupeau, le présentateur de l'émission tente de faire valoir ses prérogatives. Brandon l'ignore ; il préfère s'arrêter face à une intervieweuse affriolée.

---

[54] Tournure idiomatique employée par un joueur de poker lorsqu'il parie l'intégralité de son capital.

« Brandon, Brandon ! », gémit-elle en roulant savoureusement ses *r*. « Il y a eu du grabuge, on dirait ? Ça n'a pas duré longtemps. Pensez-vous avoir effectué des avancées significatives ? Ils sont repartis un peu précipitamment, difficile de savoir s'ils étaient satisfaits ou non. Que retenez-vous de cette discussion ? »

Brandon Wang allume une cigarette, tire dessus en exagérant à peine la théâtralité de la scène, puis annonce à l'intervieweuse : « Sincèrement ? Je les ai *dominés*. »

Chapitre 13
Un jour normal

Depuis que Kate Pearlman a été dépecée par son propre berger allemand au goûter d'anniversaire de l'adorable Mia Allen, ma mère se sent *super soulagée*.

Kate a bégayé quelques récriminations circonspectes en voyant un bout de son intestin grêle se déverser sans pudeur sur la pelouse finement taillée des Allen. Plusieurs enfants présents ont poussé de longs cris stridents, plus par respect des usages que par conviction réelle ; un ou deux autres gamins se sont évanouis, et certains d'entre eux ont eu le réflexe de dégainer téléphones et tablettes tactiles, bien que leurs réseaux sociaux fussent hors-service. Ma mère a profité de l'effet de surprise pour piquer un pilon de poulet qu'elle lorgnait depuis cinq bonnes minutes dans l'assiette de Jay Dimpkins.

« Oh non. Pas toi, Kate », a asséné Laurie Allen avec l'emphase d'une quadragénaire à qui l'on a prescrit trop de Xanax. Dwayne Piskor a frimé en clamant qu'il s'agissait du quatrième sacrifice humain auquel il assistait cette semaine-là. Quant à Fred Wallace, dont chacun sait, selon ma mère, qu'il a été l'amant à peu près platonique de Kate, il a déchiqueté sa chemise, piétiné ses lunettes, puis entonné un standard de Sinatra qu'il ne maîtrisait pas trop mal. Après, les invités sont rentrés chez eux.

Du point de vue de ma mère, ce fait-divers fut une épiphanie : le monde est en lambeaux, ses habitants ont tous perdu la tête, et plus rien ne signifie quoi que ce soit. Cette donne n'est pas tout à fait nouvelle, mais elle est néanmoins devenue irréfutable. Pour une bourgeoise de pacotille, qui a passé son existence entière à mentir en tentant de justifier son existence entière, cela revient à dire qu'il n'y a plus lieu de se contorsionner l'esprit. Courtney Dunleavy est désormais exonérée de sa culpabilité. Oui, elle est ridicule, quelconque, négligeable. Non, elle ne sait rien faire de ses dix doigts. Oui, elle a depuis longtemps oublié ce qu'elle était, et d'où elle venait. *Et alors ?* Qui se soucie encore de *conneries métaphysiques* comme celles-là ?

Il s'agit de se *réinventer*. Elle a commencé par changer de couleur de cheveux, en optant pour un *artic silver package* qui donne à ses pointes une teinte de fond de cendrier jauni. Elle suit chaque matin un cours virtuel de *grindcore crossfit* qu'elle a ressorti d'un vieux carton, et dont elle s'est approprié la gestuelle masochiste pour créer sa technique bien à elle, une suite de mouvements contradictoires et improductifs que Zach observe avec un zeste de concupiscence. Elle m'a demandé sérieusement pourquoi je n'avais jamais fondé de famille, *comme elle*, et le pire, c'est que ça ne m'a même pas donné envie de l'étrangler. Elle a nettement réduit sa consommation de margaritas, avant tout parce que personne ne sait plus où se procurer une *putain de bouteille de bibine*, mais aussi pour être sûre de conserver sa pleine sagacité en ces temps marqués par l'obsolescence complète de ce genre de notion.

Nous faisons le tour du quartier pour voir qui est toujours en vie ; au deuxième pâté de maisons, le cadet des Fitzpatrick se rue sur moi en essayant de me mordre le mollet, et ma mère doit lui repasser trois fois dessus avec sa Chevrolet pour le neutraliser. Elle se rend chez le coiffeur pour changer à nouveau de couleur ; la boutique a fermé suite à un accident létal de casque à permanente, confirmée par l'odeur de chair à saucisse brûlée qui flotte à 20 mètres de rayon. Le lendemain, elle m'emmène voir sa copine Luana ; son concubin du moment est un converti récent à la secte des libellules, gentil quoiqu'un peu *bancal*, qui occupe ses journées en beurrant des tranches de pain de mie sans croûte afin de les coller sur les murs. Ensuite, ma mère décide de descendre voir ses beaux-parents ; ceux-ci habitent dans un quartier autonome, cerné de barbelés électrifiés et réservé aux retraités, dont la milice privée menace de nous abattre au fusil d'assaut en traitant ma mère de « succube » lorsqu'elle s'approche du poste d'entrée. De retour au bercail, elle suggère à Zach de partir une semaine aux Bahamas ; le moindre avion qui aurait l'audace d'entreprendre un décollage dans la région serait expurgé sur le champ par des pilotes de chasse cocaïnomanes, et de toute façon, les Bahamas dorment officiellement avec les poissons.

« Je ne le prends pas mal », me confie-t-elle entre deux trépignements hystériques. « J'ai décidé de ne plus prendre mal quoi que ce soit. »

***

Ce pays est en train de sombrer. Je refuse de mourir ici.

Je contacte mon ancien client français sur son adresse *personnelle et confidentielle*. Il me répond dans la minute qui suit. « J'envoie mes deux meilleurs agents pour venir te chercher », écrit-il sans même me demander mon avis. « Suis-les et fais-leur confiance. Je t'expliquerai. Là où ils vont t'emmener, tu seras à l'abri. »

Je n'ai pas de meilleure idée. Je ne veux plus passer mon temps à subir. Je ne veux plus rester simple spectatrice de mon propre dénouement.

J'accepte.

J'abdique.

C'est une décision évidente. C'est une décision avilissante. Je renie la promesse que je m'étais faite. Je reviens de mon propre gré là où j'avais juré de ne plus poser le pied. Ma présomptueuse utopie aura duré neuf ans.

Je n'ai pas le choix, répètent les lâches depuis l'aube des temps. Pas d'autres choix que la peur.

Une femme pragmatique ? Une survivante ? Une simple pute. Voilà ce que l'on retiendra de moi.

Je me souviens de cet Écossais grisonnant qui avait été l'un de mes tout derniers clients. Il était avenant, et m'avait encouragée à parler. Je ne m'étais pas épanchée, mais je lui avais révélé que je préparais mon affranchissement, et le prochain chapitre de ma vie ; grisée par l'imminence, j'étais passée outre les précautions d'usage.

« Tu y reviendras », m'avait-il lancé sans perfidie. « Tu as pris goût à ce petit jeu, ça se voit. On ne peut pas laisser tomber un truc pour lequel on est aussi doué. On ne peut pas contredire sa nature profonde. »

Je l'avais copieusement insulté. J'avais claqué la porte de sa chambre. Peut-être avais-je compris qu'il ne se trompait pas.

***

Le rendez-vous avec les deux agents est fixé au surlendemain, à l'aube, devant le Burger King le plus proche ; je préfère opter pour un lieu public, on ne sait jamais. J'entasse quelques affaires dans mon sac à dos.

Zach me conduit le jour dit au Burger King de Division street. Je ne lui pas expliqué pourquoi. Zach m'informe qu'il compte en profiter pour s'acheter une portion de *XXL French fries*, et un milkshake à la banane pour les y tremper. L'un de ses péchés mignons.

Ma mère nous dit au revoir depuis le pas de la porte. « Faites attention », dit-elle.

Comme s'il s'agissait d'un jour normal, Zach pousse la porte du Burger King, salue l'ensemble des personnes présentes, sans toutefois attarder son attention sur elles, et arbore un large sourire. Il se dirige ensuite vers une caisse libre, occupée par un jeune adolescent boutonneux.

L'adolescent se redresse. Amusé, Zach s'approche de lui, sourit de plus belle et s'exclame : « Hi ! Une portion de *XXL French fries*, et un milkshake à la banane. »

L'adolescent plonge son regard vers le sol, gêné. Il s'efforce de se donner un minimum de contenance, et répond : « Monsieur, je suis désolé, mais nous n'avons plus de quoi préparer des milkshakes. Nos livraisons ont pris du retard. Je peux vous proposer un soda maison, à la place ? Je lance la commande pour vos frites. »

Zach peine à masquer sa profonde déception. Peu sensible à l'attitude serviable et proactive de l'adolescent, il décide de *hausser le ton* afin de faire valoir ses droits.

Il inspire profondément, se contente de répondre « Non », puis sort de sa poche de survêtement un pistolet automatique en plastique noir. Il le pointe vers l'adolescent et fait feu.

La balle touche l'adolescent au niveau de l'arcade sourcilière droite. Elle emporte avec elle un paquet d'os occipital, de tissu cérébral, de cheveux gras et de pellicules persistantes. La majeure partie de cet amalgame atterrit quatre mètres plus loin sur le carrelage de l'espace friture. Le corps de l'adolescent chute assez mollement sur la gauche, tandis que ses mains s'agitent selon des convulsions caractéristiques. Son sang est constellé sur six ou sept mètres carrés.

J'ai poussé un cri. Je me suis recroquevillée sous une table.

Zach expire, souhaite une agréable journée à la cantonade, range son arme dans sa poche, et s'en va. Il ne m'a pas invitée à le suivre.

« Zach ! Zach ! », dis-je en emboîtant son pas. Tandis qu'il retourne vers sa voiture, il est interpellé par un clochard d'une cinquantaine d'années, qui l'apostrophe comme suit : « Hey, *négro*, t'as pas un *petit truc* à m'assurer ? J'ai rien becté depuis deux jours. »

Zach rétorque sur un ton désintéressé qu'il n'a pas de petite monnaie sur lui. Il n'a pas ralenti sa marche, ni dirigé un seul regard vers le clochard.

Vexé par cette marque d'irrespect, ce dernier dégaine un pistolet automatique chromé, dont il vide partiellement le chargeur sur Zach. Zach s'écroule après au moins quatre détonations. L'une des balles est allée briser la vitrine du concessionnaire automobile situé de l'autre côté du parking.

Je retourne en courant sous ma table, à l'intérieur du Burger King. Un gnome édenté exécute une vigoureuse démonstration de nunchaku face à une caisse vide, en répétant : « L'est où, mon putain de *Triple Whopper* ? »

Zach est tombé à genoux. Il tente sans succès de retenir le sang qui jaillit de son cou. Je suis sûre qu'il se demande pourquoi il n'est pas resté bien au chaud auprès de ma mère. Son ultime sentiment sera celui du regret.

Une petite vieille qui vient de stationner son véhicule sur le parking embrasse le crucifix beige qui pend de son rétroviseur, et sort de son sac à main un revolver à crosse ivoire. Elle avance en direction du clochard et lui tire dessus à deux reprises. Le poids, la puissance et le recul de son revolver l'empêchent de viser avec précision ; elle parvient cependant à atteindre le clochard une fois, en plein dans le ventre. Le choc propulse le clochard en arrière. Il vient se heurter au pare-chocs avant d'une Honda Civic verte garée derrière lui. Une fois à terre, il dirige son propre pistolet vers la petite vieille et tire sur sa hanche. Elle s'écrase quelques mètres plus loin au terme d'une flamboyante parabole.

À l'instant où la petite vieille effectue ses voltiges, un agent de police passe devant le Burger King dans son véhicule de patrouille. L'image d'une septuagénaire lévitant au-dessus de l'asphalte doit forcément l'interpeller.

Il observe le parking d'un air terriblement las. Pourquoi se laisser accabler par le monceau de paperasses à remplir, sans heures supplémentaires à la clé ? Pourquoi se cramponner à des bagatelles ?

Un cocktail Molotov atterrit sur son pare-brise. La carrosserie de son véhicule s'embrase sur une bonne partie du capot, et jusqu'au gyrophare sur le toit. Sûrement des gamins.

Pauvre Zach. Il m'a raconté sa passion pour le football avec une telle ferveur… Il se targuait d'être un *vrai*, un amateur de l'ancienne école, celle de Lawrence Taylor, Ronnie Lott ou Dick Butkus. Butkus était un mastodonte analphabète connu pour estropier ses adversaires pendant les mêlées, et l'on racontait même qu'il avait tenté d'en énucléer certains[55]. Au cours d'une action célèbre, en 1986, Lawrence Taylor avait broyé Joe Theismann *comme une biscotte*, et il avait fallu cinq années de rééducation intensive à Theismann pour parvenir à lacer lui-même ses chaussures.[56] *Ça*, c'était du football. Aujourd'hui, il ne restait que des *gonzesses*, comme cette *chialeuse* de Damian Telfair. Et puis de toute façon, la saison NFL était annulée. Une tragédie.

L'agent de police saisit le fusil à pompe rangé à ses pieds, le tient à la verticale en plaçant l'extrémité du canon sous son menton, l'arme d'un geste sec, défait le cran de sûreté et presse la détente. Son crâne est disséminé jusque dans les recoins les plus insoupçonnés de l'habitacle de son véhicule.

Le propriétaire du concessionnaire automobile adjacent admire le panorama depuis sa boutique. Il se gratte la tête. Il songe peut-être à son commerce qui périclite, aux braves gens qui n'ont *plus un rond* pour consommer, à cette *putain de montée des eaux* qui incite les consommateurs à acheter des moteurs hybrides plutôt que de *véritables bagnoles*. Il songe peut-être à la quintessence de l'Amérique, ici même, sous le capot de cette Ford Mustang bleu nuit, grandiose, insoumise,

---

[55] Véridique.
[56] Véridique également.

inégalée. Il songe peut-être aux *raclures* qui se canardent sous ses yeux, guignols de l'étoile éternelle, zombies, *pédés satanistes*, tous les mêmes, *ennemis de la Nation*. Correctement représenté, ce restaurant Burger King pourrait être le San Alamo[57] du vingt et unième siècle ; celui qui en sera le sauveur jouira d'une publicité inouïe.

Je divague. Le concessionnaire disparaît dans l'arrière-boutique, puis déboule sur le parking avec un carton sous le bras. Des badauds s'approchent déjà pour observer le cadavre de Zach, le véhicule de patrouille en flammes, les râles faiblissants de la petite vieille ou du clochard.

Le concessionnaire plonge sa main gauche dans le carton, pour en sortir une grenade. Il la dégoupille, puis la lance sans hésitation vers le groupe de trois personnes qui entourent la petite vieille : un couple de couleur, et une goule attirée par le parfum de l'hémoglobine.

Aucun d'entre eux ne réagit lorsque la grenade parvient à un mètre de la petite vieille. Ils sont instantanément carbonisés. Un éclat de bitume de la taille d'une balle de tennis atteint le visage d'un des deux noirs à 300 kilomètres-heure. L'autre noir et la goule sont éjectés dix mètres en arrière par l'onde de choc.

Deux nouvelles explosions retentissent, la première à proximité du véhicule de patrouille, la deuxième à côté du clochard et d'un type qui tentait de lui donner un massage cardiaque rudimentaire.

Tandis que la fumée enveloppe la vitrine du Burger King, une femme et deux hommes d'une vingtaine

---

[57] Fort où furent massacrés 189 soldats rebelles pendant la révolution texane, en 1836.

d'années finissent leur brunch. Ils sont *grave déchirés* ; je le sais, car ils le répètent toutes les cinq secondes.

Un employé du restaurant surgit de derrière les caisses, enjambe la dépouille de l'adolescent en bousculant une autre collègue qui se tenait à proximité, arme un petit pistolet-mitrailleur et se rue vers le parking afin d'y opérer « Un putain de putain de ménage du feu de Dieu ». Une grosse cliente en fauteuil roulant crache par terre et se signe.

« Wow », dit l'un des jeunes hommes *grave déchirés* en gloussant, les yeux rivés sur le parking de l'autre côté de la vitre. « Non mais, sérieux, man… T'as vu ce *mec* ? Wow. »

Il rit de plus belle, mais ni sa copine, ni son compère ne l'imitent. « Fais pas chier, Switzer », parvient à lancer ce dernier, coiffé d'une longue mèche blonde.

Le dénommé Switzer pouffe. À quelques mètres de là, l'employé du Burger King hurle des invectives viriles tout droit sorties d'un jeu vidéo, alternant celles-ci avec des séries de coups de feu tirés vers le vide galactique. Une quatrième explosion fait voler l'un des deux montants de la porte d'entrée principale. Switzer s'affaisse sur son siège, s'essuie les yeux, tend l'index vers son compère et proclame : « Man, t'es une salope, et je te respecte. Je sais même plus pourquoi on est venus ici. Trop flash. Trop flash. »

Pris de petits spasmes, son compère le fixe d'un œil amorphe ; lui-même claque des dents en fixant sa copine, qui fixe son gobelet sans rien dire. « Je sens plus rien », souffle-t-elle.

« Faut qu'on chope un 39 pouces », propose avec entrain son petit ami quelques secondes avant que la vitrine du restaurant ne soit pulvérisée par une voiture qui vient de sortir de la route. La voiture passe à un mètre de moi, fauche Switzer, la jeune femme et la grosse cliente en fauteuil roulant, traverse la vitrine opposée, puis parvient sur une avenue parallèle à la voie sur laquelle elle circulait initialement. Elle dérape, et redresse sa course dans un crissement de pneus fort bruyant.

La jeune femme qui ne sentait plus rien gît à terre. Il lui manque un bout de pied, et son bras gauche fait un angle inattendu ; une artère à vif se vide au rythme de son pouls. Elle aussi grièvement blessée, la grosse cliente en fauteuil roulant rampe en cherchant à atteindre ce qui reste de l'adolescent que Zach a assassiné. Je ne comprends pas pourquoi.

« Man, ce resto craint vraiment », bougonne le jeune à la mèche blonde.

Le mobilier du Burger King a volé en tous sens. Un prospectus publicitaire que quelqu'un a omis sur une table voisine vole jusqu'à moi. Le jeune à la mèche blonde n'a toujours pas bougé de son siège.

Le futur est maintenant, annonce en lettres fluorescentes le slogan du prospectus. *Plus le temps de s'ennuyer.*

Chapitre 14
El Commandante

J'ai suivi les deux agents français. Je leur ai fait confiance. Ils m'ont emmenée dans un hélicoptère, puis un jet privé, puis un autre hélicoptère. À chaque fois que j'ai jeté un œil par un hublot, le monde paraissait à feu et à sang.

Nous atterrissons au milieu d'une forêt, sur une petite colline. Parmi les arbres, juste à côté de nous, des centaines d'hommes se tirent dessus.

« Ne vous en faites pas », me crie l'un des deux agents en devinant mon anxiété. « Cette base militaire est une *forteresse imprenable*. »

Nous empruntons un ascenseur au-delà de la zone de combats, et parvenons dans une grande salle feutrée, 50 mètres sous terre. Mon client est là ; je le reconnais, assis parmi sa cour.

Très agités, ses conseillers évoquent des lapidations en Picardie, des inondations en Gironde, des émeutes en région lyonnaise, des incendies en Provence. La routine.

Flapi, quasiment végétatif, il les écoute d'une oreille tout en suivant l'évolution des événements sur la douzaine d'écrans face à lui, et pioche à intervalles réguliers des popcorns au fond d'un sceau en carton qu'il a coincé entre ses jambes. Il est affalé dans un joli fauteuil en cuir, contre lequel il essuie de temps à autre ses doigts enduits de beurre fondu.

Derrière lui, ses conseillers l'abreuvent d'un flot d'informations interminable. Leurs voix se chevauchent, s'entremêlent et se fracturent dans le néant.

« Monsieur le Président, Marseille et Toulon ne répondent plus ! Il est très difficile d'obtenir des données fiables. Nos *sources* encore opérationnelles font état d'une importante explosion dans le quartier de la gare, soit… »

« Monsieur le Président, la frégate Latouche-Tréville vient de couler. Elle a résisté moins de vingt minutes. L'envahisseur se dirigerait désormais vers le littoral breton, et d'après nos projections… »

« Monsieur le Président, je viens de recevoir un appel du Kremlin, ils me jurent que ça ne vient pas d'eux, et si je puis me permettre, il apparaît que les Brigades soient… »

« Oui, Monsieur le Président, nous *devons* à nos compatriotes, coûte que coûte, d'anticiper l'onde de choc de… »

« Moins de de quinze pourcents, Monsieur le Président ! Je vous en conjure, un geste, un *signal*, un symbole ou une… »

Il se racle la gorge. L'assemblée se tait en escomptant une fulguration.

Il avale une bonne poignée de popcorns.

Un timide renvoi.

Puis plus rien.

« Étant donné que le pays semble traverser une phase de *flottement*, le moment serait peut-être bien choisi pour glisser une ou deux réformes pas trop populaires ? », plaisante un grand rouquin en nœud papillon, en profitant de l'accalmie. Nul n'ose s'amuser de sa facétie.

« Justement, j'ai parlé à Buret ce matin, et il devrait bientôt être en mesure de présenter une réécriture très conciliatoire de l'alinéa tant dénigré », répond un homme dont je me souviens ; son chef de cabinet.

« NAOMI ! », hurle le centre de gravité de ce microcosme en m'apercevant. Son sceau de popcorn a volé un peu plus loin dans la pièce. Il accourt vers moi, me prend dans ses bras. « -Où étais-tu passée ? Je t'ai cherchée partout…

-J'ai survécu », dis-je à mi-voix.

Il ne m'a pas entendue. Il me dévisage avec tendresse.

Je suis épuisée, mal habillée et à peine maquillée. J'ai pris quelques kilos, et quelques rides ; je ne ressemble plus à *Naomi*. Ça n'a pas l'air de le décevoir.

« Alors, tu le kiffes, mon bunker de BONHOMME ? Ici, on peut tenir au moins CINQ MOIS sans FOUTRE le nez dehors ! PEINARDS ! Tu sais ce qu'on va faire ? On va dérouler l'écran géant, se choisir un BON PETIT FILM, et…

-Monsieur le Président… », susurre l'une de ses assistantes, contrite. Elle l'a interrompu avant qu'il n'ait plus explicité sa rhétorique scabreuse. « Je… Je suis désolée de vous déranger, c'est que… La Maison-Blanche est en ligne, il semblerait que ce soit urgentissime, et comme Monsieur Pianetta a insisté pour…

-La Maison BLANCHE ? En personne ? », s'étouffe-t-il en cherchant un verre à portée de main.

« -En personne, Monsieur le Président.

-Passez-la-moi PRONTO », ordonne-t-il.

« KIMBERLEY ! Kim Kim ! Ça alors, comment va ? C'est SUPER SYMPA de ta part de prendre des news », clame-t-il dans le téléphone qu'on vient de lui remettre, avec un accent prononcé. Il secoue sèchement la tête afin de remettre sa coupe de cheveux en place.

« C'est quoi ce bordel ? », gronde la Maison-Blanche dans le haut-parleur. Le souffle de sa colère fait machinalement reculer *Monsieur le Président*, contrarié d'afficher une telle subordination ; ses conseillers l'observent, éplorés.

« Que… C'est à quel sujet ? », demande-t-il d'un ton affable.

« Les missiles. Les missiles *intercontinentaux*. Ceux que tu viens d'envoyer, tête de nœud. J'en vois cinq qui se pointent vers nous. Boston ! New York ! Baltimore !? Deux autres vers Londres, un vers la Russie… Tu es au courant que les Brigades ont commencé à faire sauter leurs bombes ? Tu es au courant que Dallas et Los Angeles viennent d'être rasées ? Rassure-moi, c'est un canular ? Une feinte ? Un *stratagème* ? »

Il couvre le micro du téléphone, et me confesse d'une voix taquine : « Ce n'est pas un canular. Ce n'est pas une feinte, ni un stratagème. C'est le COMMANDANT EN CHEF DES FORCES ARMÉES qui te fait goûter à sa SUPRÉMATIE THERMONUCLÉAIRE. »

« Ah, OUIIIIIIIIII, les missiles ? », siffle-t-il en reprenant la conversation deux octaves plus haut qu'il ne l'avait présumé.

« Abruti ! Blaireau ! Est-ce que tu te rends *seulement* compte de la merde dans laquelle tu me fous ? », s'égosille son interlocutrice quelque peu remontée. « -Qu'est-ce qui t'a pris ? Pourquoi as-tu fait ça ? *Pourquoi ?*

-Pour le PRESTIGE, Kimberley. Le prestige », rétorque-t-il en ayant retrouvé son timbre le plus solennel. « Pour la FRANCE. Et si tu captes pas ce que ça veut dire, c'est que t'as vraiment RIEN capté. »

Sur ce, il lui raccroche au nez, adresse un doigt d'honneur au combiné du téléphone, et considère l'assemblée alentour avec une fierté manifeste. Deux de ses conseillers s'éclipsent. Ceux qui sont encore là fixent leurs chaussures, leurs tablettes, leurs ongles, n'importe quel objet qui leur permette d'éviter le regard de leur *leader*.

« Qu'on ne me dérange plus », conclut ce dernier en lançant le téléphone à son assistante. « J'ai du TAF, moi. »

Il se dirige à nouveau vers moi, avant d'être à nouveau coupé dans son élan. Un officier lourdement décoré se dresse entre nous, à bout de souffle, dégoulinant de transpiration.

« Monsieur le Président, la situation a pris un tour *critique* et *inopiné*. Il nous faut envisager un recours *définitif*. »

L'officier fait honneur à son éthique professionnelle en usant d'un champ lexical dont nul autre survivant n'a connaissance. Il explique à son auditoire médusé que les *flancs* nord et sud-ouest du *périmètre de protection* de la base viennent de céder sous les inlassables *manœuvres belligérantes* d'assaillants en nette *supériorité numérique*. Ces *cellules intrusives* comptent notamment dans leurs rangs des terroristes lourdement armés, des *activistes sectaires* à *tendance scélérate*, des citoyens lambda infectés par un *agent pathogène intermittent*, et, aussi folklorique que cela puisse paraître, des animaux. Des chiens. Des chats. Des renards. Des tas d'oiseaux, qui rendent caduque la *couverture aérienne spéculative* de la base. Quelques sangliers. En outre, une *entité non répertoriée* a parasité notre *progiciel de défense automatisé* : *l'étanchéité* de la structure est compromise. Si les *ressources* de tel ou tel corps d'armée font preuve d'une bravoure *méritoire*, elles ne peuvent cependant que *tempérer* la progression des *forces séditieuses*. La *préservation immédiate* de la délégation présidentielle n'est dès lors plus garantie. Aucun *protocole d'évacuation* n'ayant été *référencé* pour un semblable cas de figure, il faut développer *ex abrupto* un dispositif *drastique*, ne serait-ce que pour rendre *indubitablement impossible* l'utilisation *extrinsèque* de *chiffrements élyséens* à des fins *usurpatoires*.

Concrètement, ces conseillers, consultants, diplômés des grandes écoles et autres notables s'apprêtent à tous être réduits en charpie. Il n'y a plus de passe-droit, plus d'exception, plus de petites faveurs, plus de privilège : aucun être humain présent dans ce bunker ne doit survivre.

Une *forteresse imprenable ?* Tu parles. Le cauchemar m'a suivie jusqu'ici.

« Putain, j'y crois pas, j'ai chopé un GRAIN DE SABLE en plein dans l'œil », se plaint Monsieur le Président, investi bien au-delà du point de non-retour dans le rôle qu'il s'est confié. Il se frotte vigoureusement les paupières, sans parvenir à atténuer la démangeaison. « Quelqu'un a pensé à ramener du COLLYRE ? »

En rouvrant ses yeux rougis et dilatés, il devine les contours d'un faciès familier ; le mien.

« Non mais dis donc… Ne serais-je pas en train de manquer à tous mes devoirs ? », s'interroge-t-il avec espièglerie. Il paraît ravivé.

Je suis à bout. J'essaie de sourire.

« BON, suis-moi », exige-t-il en me prenant par le bras, puis en m'enjoignant à le suivre vers son bureau.

« On va PEAUFINER un truc BÉTON pour redresser le pays. AH, et vous autres », poursuit-il en s'adressant à sa cour, et en se nettoyant les doigts à l'aide d'une lingette jetable, « … Vous avez qu'à me DÉMERDER cette affaire de machin compromis. On est en train de se laisser MARCHER DESSUS par une bande de VAGABONDS, c'est ça ? Va falloir se SECOUER un peu, les gars ! »

***

Nous sommes assis côte à côte dans son bureau. La pièce mesure une vingtaine de mètres carrés. Sa seule issue est une porte blindée que Monsieur le Président a refermée derrière nous. Trois écrans fixés au mur sont reliés aux caméras de surveillance extérieures ; leurs images confirment que l'élite de l'infanterie française a été débordée par ses impitoyables agresseurs. Un quatrième écran diffuse les images de la salle principale, où l'entourage ministériel délibère stérilement sur la méthode à suivre, comme il vient d'y être invité.

« Et ben VOILÀ », triomphe Monsieur le Président en sortant une bouteille de champagne et deux coupes en cristal de son minibar. Il se recoiffe, braque son regard sur moi, et m'offre son rictus le plus niais. « - C'est la FIN DU MONDE, et on est là TOUS LES DEUX.

-La fin du monde ? », m'entends-je demander, toujours aussi bas. « Je ne vais pas le regretter. Il ne m'a jamais acceptée. »

L'inutilité de mes propres mots me surprend. S'agira-t-il de mon épitaphe ?

Constatant que je me replie sur moi-même en me tenant les genoux, il interprète cette attitude comme une *pulsion sexuelle paradoxale* typiquement féminine. Il se transpose latéralement de 19 centimètres sur le cuir du canapé, en direction de sa cible. Il a mieux à faire que bavasser. Le champagne peut bien perdre quelques bulles. « -J'en connais un qui n'a pas PERDU LA MAIN. TIENS, d'ailleurs, en parlant de main…

-Il n'y a donc vraiment plus *rien* à sauver ? », dis-je naïvement en brisant son élan.

« Si », ricane l'homme d'État en désignant la braguette de son pantalon. « Tu peux encore sauver ÇA. »

Il pose la main gauche susnommée contre ma cuisse, et enroule son bras droit autour de mon épaule opposée ; les femmes aiment bien se faire TRINGLER comme des BÊTES SAUVAGES, mais elles préfèrent qu'on les réconforte un peu d'abord. Qu'on les choie. Qu'on les flatte. Qu'on les RESPECTE, quoi. En bon surdoué de la séduction, mon fidèle client l'avait HYPER BIEN COMPRIS dès l'adolescence, ce qui lui a permis d'en LEVER un SACRÉ PAQUET.

Il ne s'est pas arrangé. Si au moins j'avais été à l'abri… J'aurais dû rester à Tuani ao. J'aurais dû suivre Lorenzo. Je n'aurais pas dû me parjurer pour un si lamentable répit.

Je garde les yeux fermés, ralentis ma respiration. Je ne suis plus ici, 50 mètres sous terre, prisonnière d'un corniaud concupiscent. Je me promène le long du rivage en tenant Moeanu par la main. Elle rit. Le soleil est généreux, idyllique, diffusant une lumière ocre par de grands faisceaux délicats et homogènes. Je relève mon paréo pour mieux déambuler dans l'eau tiède, en silence. Sur la rive, Aimata prépare une salade de fruits.

Je repense à ma mère, sans le vouloir. Ce pénible matin d'automne.

« Je l'ai enfin trouvé », bégayait-elle entre deux sanglots d'exaltation. « *L'homme idéal*, ma chérie. Il existe. Il est Américain. Il est merveilleux. Les mots me manquent… Je te souhaite de tout mon cœur de connaître un jour ne serait-ce qu'une *portion* du bonheur que je ressens en ce moment… De connaître un jour une telle impatience… Tu y arriveras, ma chérie. Tu es *mille fois* plus forte que moi. Je *sais* que tu y arriveras. »

Le lendemain, elle avait quitté Minsk pour de bon, en coupant tout contact avec moi.

J'avais quatorze ans.

Tandis que ma propre version de l'homme idéal énumère une série de banalités affligeantes sur le destin, la nature charnelle des existences humaines et les hypothétiques corrélations entre ces deux inerties, le quatrième écran de la pièce s'agite. C'est la curée. Les *forces séditieuses* ont envahi la salle principale. Je me crispe toute entière.

La peur est un choix… La peur est un choix…

Ayant déjà entrepris de m'embrasser le cou (autre attention dont les femmes RAFFOLENT dans n'importe quelles circonstances), il doit suspendre son offensive en prétendant qu'il s'intéresse lui aussi à ce qui se passe de l'autre côté de la porte blindée.

Son chef de cabinet est le premier à tomber. « Grâce à Dieu, je meurs en vrai Républicain », s'exclame-t-il avant d'être éviscéré par une meute d'anthropophages galeux.

Inspiré par son exemple, un consultant se lance à son tour dans une tirade homérique : « Euh… Houzzé ! Houzzé ! Liberté, égalité, fraterni… Oh, et puis merde. »

Il tente de prendre la fuite, et est intercepté quelques foulées plus loin par la horde. Un rhinocéros rue droit sur lui, le fait jongler quatre ou cinq fois sur ses cornes, et le piétine comme un paillasson. Deux autres types qui passent par là décident de débiter son enveloppe corporelle encore flageolante à la scie sauteuse, tout en invoquant le grand Verdict de l'étoile éternelle.

« Ainsi donc, le cynisme n'est pas réponse à tout », affirme le grand rouquin au nœud papillon en immortalisant la scène à l'aide de la caméra haute définition de sa tablette, qu'il tient à bout de bras devant lui. Comme si cette tâche de trop l'avait subitement exaspérée, la tablette est prise d'une série de surprenantes secousses, puis implose. Un éclat d'écran tactile vient se planter fâcheusement dans la glotte de son propriétaire, qui se vide de son sang en moins de 90 secondes.

« Moralité : faut profiter à FOND de ces petits moments », estime mon compagnon d'infortune en frottant son nez contre mon décolleté.

Perturbé par ma torpeur, il se redresse, cligne plusieurs fois des yeux, et se contemple gaiement dans un proche miroir.

« Allez, quoi… », s'obstine l'ahuri. « On a quand même le droit de se marrer un peu, NON ? »

***

Épilogue

Chaque être qui existe

Existe pour être détruit.

Ivresse, joyaux altruistes,

Abandonnés à l'oubli.

Ceux qui craignent cet adage

Au point de prêcher des saints

Ceux qui noircissent ces pages

Pourquoi pas des humains.

(*Ténèbres et profanes*, poète anonyme)

Sommaire

Prologue 9

Première partie : Quinze ans plus tard 15

Chapitre 1er : Cousine Riya..17

Chapitre 2 : Dieu et son désir...33

Chapitre 3 : Mère Nature 41

Chapitre 4 : Le toit du monde..47

Deuxième partie : Helter Skelter 61

Chapitre 5 : L'étoile éternelle...63

Chapitre 6 : L'ascète 73

Chapitre 7 : La perle rare 81

Chapitre 8 : Retours fortuits...87

Chapitre 9 : Deux miracles...97

Troisième partie : La loi du point final................111

Chapitre 10 : Best of the best 113

Chapitre 11 : Petites tracasseries 127

Chapitre 12 : All in 141

Chapitre 13 : Un jour normal 157

Chapitre 14 : El Commandante 169

Épilogue 181

Romans et nouvelles d'Europe

aux éditions L'Harmattan

Dernières parutions

ÉROS ET THANATOS
Au péril de l'amour
Renée Guillaume
Renée Guillaume nous livre ici un récit grinçant. Ses personnages peuvent apparaître comme des pantins, manipulés, manipulateurs, odieux ou pathétiques. Marie-Val, Justine, le professeur Wodkaski courent après des ombres. Et le pauvre « Canard » dans cette histoire ? « On me prend pour un demeuré, un idiot parce que je ne parle pas et que les gens mélangent parler et penser. » Le révélateur...
(Coll. Vivre et l'Ecrire, 18 euros, 184 p., octobre 2016) EAN : 9782343103006

À FLEUR DE SEL
Marie-Christine Quentin
Entre terre et mer il y a une ligne bizarre, une frontière au-delà de laquelle commence la fascination d'un monde « sans routes et sans explications ». Un monde de promesses et de menaces, d'une force qui peut engloutir les plus farouches volontés mais aussi déposer délicatement sur le rivage l'espoir d'une vie nouvelle.
(Coll. nouvelles nouvelles, 14,5 euros, 134 p., octobre 2016) EAN : 9782343101835

MASQUE NOIR
Roman
Christian Henri
« Quand on remonte vers la France (…) les masses de miséreux tentent leur chance pour une existence qu'ils espèrent meilleure en Europe. (…) Mais dans l'autre sens, fuir clandestinement la France pour l'Afrique (…) était bien singulier… ». Georges, passager clandestin à bord d'un cargo, ne sait pas ce qui l'attend dans cette Afrique donnée puis perdue. Ses rencontres à bord du bateau ne feront que lui confirmer que chaque quête humaine est singulière. Mais une chose le frappe : l'homme est détruit quand le désir de quête meurt en lui.
(Coll. Rue des écoles, 15,5 euros, 142 p., octobre 2016) EAN : 9782343102863

LE LONG CHEMIN DE L'EXODE
L'histoire d'un homme libre
Roman
Jean-François Sabourin
Entre documentaire et fiction, ce livre nous entraîne dans le long et douloureux voyage des exilés sur les routes d'Afrique et de Méditerranée. Du Rwanda au bidonville de Calais, le chemin est souvent sans issue pour ceux qui ne peuvent que choisir l'exode face aux exactions qui font le quotidien de leur pays. L'auteur dresse au fil des pages un panorama sur ces vingt dernières années de la misère dans de nombreux pays, au Soudan, en Érythrée, en Éthiopie et ailleurs. Son style

poétique adoucit les plaies des mots et cet ouvrage se révèle être un engagement face à ceux qui regardent et laissent faire.
(Coll. Écritures, 21,5 euros, 258 p., octobre 2016) EAN : 9782343101644

J'AI BIEN DIT L'AMOUR
Roman
Danièle Sastre
Dans son cinquième roman, l'auteure a voulu définir ce qu'est l'amour passé soixante ans. Après avoir montré qu'hommes et femmes, réunis ou désunis, ensemble et séparément, développent leurs propres façons de vivre les choses, tout en suivant son évolution personnelle, la narratrice lève le voile sur un sujet tabou dont on ne parle pas dans la littérature : l'amour. Au sens véritable.
(19,5 euros, 200 p., octobre 2016) EAN : 9782343100869

LE PAYS DE DEMAIN
Roman
Michel Bernardot
Ce livre suit la double trace d'un écrivain de notre époque, entrecroisée avec celle de deux de ses ancêtres dans la Franche-Comté dévastée par la guerre de Sept Ans, des séquelles de deux siècles de tumultes qui auront conduit un jeune couple à délaisser la ferme familiale pour participer à l'aventure de l'industrie charbonnière naissante à la fin du XVIIIe siècle. Une histoire picaresque, un *road movie* depuis les mines de houille et d'argent des Vosges comtoises jusqu'à celles des Appalaches en passant par l'immense bassin minier des Cévennes alésiennes. Le bisaïeul du narrateur poussera même jusqu'au versant ouest des montagnes Rocheuses à la poursuite de ses chimères américaines avant de revenir terminer son existence sur la terre de ses pères.
(21,5 euros, 238 p., octobre 2016) EAN : 9782343101750

VOYAGE AU BOUT DE LA MER OCÉANE
Roman historique
Henri Rech
Si le lecteur aime les histoires romanesques à rebondissements et les voyages, qu'il se plonge vite dans les aventures d'Aymeric de Fleury, jeune médecin français, embarqué comme chirurgien en l'année 1686 sur un galion espagnol de la flotte des Indes occidentales. Il y découvrira la vie à bord et ses vicissitudes, les rapports aimables ou conflictuels entre les personnages ou encore les paysages du nouveau monde à la fin du XVIIe siècle. Il suivra le héros dans sa quête d'une plante aux vertus anesthésiques dans les montagnes andines, puis voguera dans la mer des Caraïbes qui, à l'époque, était le territoire de tous les dangers…
(Coll. Romans historiques, 24 euros, 294 p., octobre 2016) EAN : 9782343100098

L'ODYSSÉE MARITIME DE LA SAINTE CLAIRE
ou les aventures extraordinaires d'un jeune paysan normand
Roman historique
Roger Charles Houzé
Il arrive que des personnages, marqués par le destin, trouvent un chemin les conduisant vers une destinée prodigieuse. Ce fut le cas de Marceau, un jeune Normand qui voulait devenir marin alors que sa famille était paysanne. À la suite d'une rencontre fortuite, il fait la connaissance d'un noble suédois qui va

le présenter à un armateur qui le teste et l'embauche comme pilotin. C'est là que commence l'aventure : il monte tous les échelons de la hiérarchie maritime et devient le capitaine d'un navire, la Sainte Claire, qui le conduira vers toutes sortes d'aventures à découvrir dans ce roman historico-picaresque.
(Coll. Romans historiques, 21 euros, 238 p., octobre 2016) EAN : 9782343079349

LE PARFUM DES ŒILLETS ET AUTRES NOUVELLES MALTAISES
Trevor Zahra
Traduit de l'anglais par Roland Viard
Trevor Zahra nous entraîne dans son univers, peuplé de jeux de réflexions, d'optiques et de dissolutions, où le rêve et la réalité se confondent, se nourrissent. Le temps de douze nouvelles, l'auteur nous fait visiter l'archipel de Malte et Gozo : sa culture, religieuse et profane, sa géographie... La mer y est omniprésente, tantôt plate, tantôt agitée, tout à la fois frontière et tremplin vers un ailleurs. Les œillets ont leur parfum. Et ce parfum, tous les miroirs nous le renvoient.
(20 euros, 214 p., octobre 2016) EAN : 9782343093994

LES ENQUÊTES DU COMMISSAIRE LA RENNIE
Fleuve noir - Encore un petit doigt ?
Jacques Delatour, Robert Tubach
Illustrations de Vautherin et Préface de Joël Vallat
Le commissaire La Rennie poursuit ses enquêtes. Deux cadavres flottent dans les eaux du Rhône, et tout indique que cela est lié à un trafic de moteurs de bateaux. Une seconde enquête nous emmène dans l'atmosphère étouffante des mines de phosphates marocaines. Un jeune Français aurait été kidnappé par des islamistes. Une demande de rançon de 100 000 euros, accompagnée de deux petits doigts coupés, est adressée à la famille. De passionnants récits !
(18 euros, 162 p., octobre 2016, illustré en noir et blanc) EAN : 9782343088068

LE MIROIR D'ABRAHAM
Roman historique
Henri Sacchi
Beyrouth, 2010. Sébastien Lord, inspecteur d'Interpol spécialisé dans le trafic d'œuvres d'art, part à la recherche du Miroir d'Abraham, prodigieux assemblage de deux tablettes sumériennes jumelles, vieilles de plus de 4 000 ans, que les hommes et les siècles ont séparées. Au cours de son périple trépidant à travers l'Europe et le Moyen-Orient, il croise les mystérieux Frères de l'Ordre de l'Estrade et doit affronter une puissante association criminelle. Aidé par une jeune Libanaise qui dissimule bien des secrets, Sébastien Lord découvre l'histoire et les fabuleux pouvoirs ésotériques du Miroir. Disparitions, attentats et poursuites ponctuent sa dangereuse mission, jusqu'à son apothéose sur le mont Sinaï, à la veille de la révolution égyptienne. Mais, dans cette singulière aventure, Sébastien Lord ne poursuit-il pas une quête initiatique personnelle ?
(29 euros, 512 p., juillet 2016) EAN : 9782343096803

PAR-DELÀ LE REJET ET L'OUBLI
D'Évariste Galois à Maximilien Robespierre
Vincent Silveira
Le jeune mathématicien Évariste Galois vient de mourir, tué au cours d'un duel stupide, pour une simple rivalité amoureuse. Silvère Agastoi, son sosie, condisciple

et frère d'armes, décide d'entreprendre la double gageure de poursuivre l'œuvre du génie disparu et du mythique An II de la Révolution. Dans ce livre, le lecteur côtoie l'ombre projetée de ce personnage incontournable de notre histoire, Robespierre le maudit, ainsi que de nombreux personnages qui se croisent et se mêlent dans un va-et-vient incessant à travers le temps.
(Coll. Romans historiques, 23 euros, 258 p., juillet 2016) EAN : 9782343092836

JÉRÔME BOSCH ENTRE SOUFRE ET HOSTIE
ou la lancinante tentation du désastre
Pierre-Jean Brassac
Ce récit où la fiction se porte au secours de l'Histoire, navigue au plus près des possibles de la biographie de Jérôme Bosch, peintre fantastique, pour nous raconter la vie et l'œuvre de cet immense artiste qui aura laissé vingt tableaux et quelques dessins encore entourés d'un épais mystère.
(Coll. Romans historiques, 21 euros, 230 p., juillet 2016) EAN : 9782343096346

L'HOMME INITIAL
Lionel Stoléru
Sébastien Le Gall, jeune banquier de 29 ans, meurt subitement. Pour revenir sur Terre, Dieu lui propose un marché original : prouver que les homme sont perfectibles et qu'ils ne méritent donc pas de disparaître. Avec ses deux compagnons, Jérémie et Brahim, il va tout faire pour remporter son challenge… quitte à chambouler le quotidien des Terriens ! Un étonnant roman.
(Coll. Rue des écoles, 19,5 euros, 200 p., juillet 2016) EAN : 9782343096957

LES TROIS CIMES DE LAVAREDO
Roman
Sébastien Mazurier
Dans l'Italie des années 1930, deux coureurs participent au Giro. Un lien très fort unit le simple Émilio, que la traversée des Alpes plonge peu à peu dans le désespoir, au rugueux Domenico, qui ne peut se résigner à vivre comme on le lui demande et ne peut s'empêcher de chercher dans l'effort une espèce de démesure. Histoire banale et tragique, où les gestes les plus dérisoires, où les rêves les plus insensés hantent ces vagabonds du sport. Lorsque des miliciens fascistes viennent arrêter Vittorio, le gamin à tout faire de l'équipe, leur tendre et douce naïveté bascule.
(Coll. Amarante, 18 euros, 178 p., juillet 2016) EAN : 9782343095417

RENCONTRES INATTENDUES
Roman
Aurore Fernandes
Sans hésitation aucune, elle a ouvert la paume de sa main et, avec un geste de rage, elle a jeté dans le bleu céruléen la carte SIM, la bague de fiançailles et son alliance. Il y eut un petit « ploc », puis plus rien, si ce n'est une sorte d'apaisement. Une accalmie. Une quiétude. Elle a longuement regardé sa main gauche. Son annulaire sans alliance. Son majeur sans bague. Le soleil est apparu furtivement. Une éclaircie dans un ciel lactescent. Comme s'il était complice. Comme s'il approuvait. Comme s'il la soutenait. Clin d'œil métaphysique… Sa vie d'avant venait de s'arrêter là, à cet instant précis. Plus joignable. Disparue.
(Coll. Rue des écoles, 16 euros, 150 p., juillet 2016) EAN : 9782343096018

Structures éditoriales du groupe L'Harmattan

L'Harmattan Italie
Via degli Artisti, 15
10124 Torino
harmattan.italia@gmail.com

L'Harmattan Hongrie
Kossuth l. u. 14-16.
1053 Budapest
harmattan@harmattan.hu

L'Harmattan Sénégal
10 VDN en face Mermoz
BP 45034 Dakar-Fann
senharmattan@gmail.com

L'Harmattan Mali
Sirakoro-Meguetana V31
Bamako
syllaka@yahoo.fr

L'Harmattan Cameroun
TSINGA/FECAFOOT
BP 11486 Yaoundé
inkoukam@gmail.com

L'Harmattan Togo
Djidjole – Lomé
Maison Amela
face EPP BATOME
ddamela@aol.com

L'Harmattan Burkina Faso
Achille Somé – tengnule@hotmail.fr

L'Harmattan Côte d'Ivoire
Résidence Karl – Cité des Arts
Abidjan-Cocody
03 BP 1588 Abidjan
espace_harmattan.ci@hotmail.fr

L'Harmattan Guinée
Almamya, rue KA 028 OKB Agency
BP 3470 Conakry
harmattanguinee@yahoo.fr

L'Harmattan Algérie
22, rue Moulay-Mohamed
31000 Oran
info2@harmattan-algerie.com

L'Harmattan RDC
185, avenue Nyangwe
Commune de Lingwala – Kinshasa
matangilamusadila@yahoo.fr

L'Harmattan Maroc
5, rue Ferrane-Kouicha, Talaâ-Elkbira
Chrableyine, Fès-Médine
30000 Fès
harmattan.maroc@gmail.com

L'Harmattan Congo
67, boulevard Denis-Sassou-N'Guesso
BP 2874 Brazzaville
harmattan.congo@yahoo.fr

Nos librairies en France

Librairie internationale
16, rue des Écoles – 75005 Paris
librairie.internationale@harmattan.fr
01 40 46 79 11
www.librairieharmattan.com

Lib. sciences humaines & histoire
21, rue des Écoles – 75005 Paris
librairie.sh@harmattan.fr
01 46 34 13 71
www.librairieharmattansh.com

Librairie l'Espace Harmattan
21 bis, rue des Écoles – 75005 Paris
librairie.espace@harmattan.fr
01 43 29 49 42

Lib. Méditerranée & Moyen-Orient
7, rue des Carmes – 75005 Paris
librairie.mediterranee@harmattan.fr
01 43 29 71 51

Librairie Le Lucernaire
53, rue Notre-Dame-des-Champs – 75006 Paris
librairie@lucernaire.fr
01 42 22 67 13